Watchman Nee

Philadelphia und Laodicäa

Drei Vorträge von Watchman Nee
Eingeleitet und kommentiert von
Dr. Willem J. Ouweneel

CLV
Christliche
Literatur-Verbreitung e.V.
Postfach 110135 • 33661 Bielefeld

1. Auflage 1996

Originaltitel: Filadelfia & Laodicea

Postfach 110135 · D-33661 Bielefeld
Übersetzung: Hermann Grabe
Umschlaggestaltung: Dieter Otten, Bergneustadt
Satz: Enns Schrift & Bild, Bielefeld
Druck und Bindung: Ebner Ulm

ISBN 3-89397-246-3

Inhaltsverzeichnis

Vorwort

Es ist mir ein Vorrecht, dieses kleine Buch des bekannten chinesischen Predigers Watchman Nee vorstellen zu dürfen.

Es muß um das Jahr 1940 gewesen sein, als dieser große Gottesmann in China eine Reihe von Vorträgen über die sieben Sendschreiben in Offenbarung 2 und 3 gehalten hat. Wie so viele seiner frei vorgetragenen Predigten sind auch diese mitgeschrieben und später veröffentlicht worden. Offensichtlich hat er diese schriftlichen Aufzeichnungen seiner Vorträge kaum jemals bearbeitet, merkt man ihnen doch stets noch den Sprechstil (allzu deutlich) an. Das beeinträchtigt manchmal die Klarheit der Gedankengänge, verleiht andererseits aber dem Gesagten eine gewisse Spontaneität, die geschriebenen Texten oftmals abgeht. Durch eine Reihe von Anmerkungen habe ich versucht, den Text hier und da ein wenig zu verdeutlichen.

Tatsächlich hat Watchman Nee nur ein einziges Buch geschrieben: sein dreiteiliges Werk *The Spiritual Man* (Der geistliche Christ). Alle seine anderen Schriften sind Aufzeichnungen seiner Vorträge und Predigten.

In das vorliegende Büchlein sind nur die Vorträge über die letzten zwei Sendschreiben, die an Philadelphia und an Laodicäa, aufgenommen, dazu noch eine Nachbetrachtung Watchman Nees über Offenbarung 2 und 3. Einige Teile aus den Vorträgen sind weggelassen worden. In ihnen schweifte der Autor auf Gebiete ab, die für das Ziel dieser Ausgabe belanglos sind. Der Grund, weshalb wir uns in dieser Ausgabe überdies auf die letzten drei Vorträge beschränken, liegt darin, daß der Autor in ihnen seine Ansichten über die „Brüderbewegung" entwickelt, Ansichten, die – gelinde gesagt – äußerst bemerkenswert sind. Natürlich stellen diese Vorträge keine umfassende Abhandlung über Lehre und Geschichte der „Brüder" da; sie beinhalten aber eine wichtige Botschaft.

Diese Einleitung möchte ich gern in vier Teile gliedern:

- zunächst etwas über den Autor,
- dann etwas über seine Ansichten über Offenbarung 2 und 3,
- dann etwas über seine Ansichten über die „Brüderbewegung",
- schließlich etwas über seine eigene Gemeindeschau.

Wer ist Watchman Nee?

Wir können hier natürlich nur in aller Kürze etwas über das Leben Watchman Nees berichten. Wer Genaueres erfahren möchte, sei auf die Biographie Angus I. Kinnears verwiesen.

Watchman Nee hieß eigentlich Ni Tuo Scheng; die letzten beiden Wörter bedeuten „wach" oder „Wächter" (Watchman). Er wurde am 4. November 1908 in der Provinz Fu-

Tsjou (Südchina) in einer christlichen Familie geboren. 1920 kam er zum Glauben an den Herrn Jesus und weihte von da an sein ganzes Leben dem Herrn, um das Evangelium zu verkünden und den gläubigen Chinesen am Wort zu dienen. Gott segnete seinen hingebungsvollen Dienst, und das Werk breitete sich gewaltig aus. Es entstanden viele Gemeinden, die sich nach den einfachen Grundsätzen des Neuen Testaments versammelten, also frei von Sektierertum und Klerikalismus waren.

Nach einiger Zeit gelangten etliche Bände John N. Darbys in die Hände Watchman Nees. Sie machten großen Eindruck auf ihn. Darum schrieb er nach London, und zwar an einen Verlag der „exklusivsten" Richtung unter den „Brüdern", den sogenannten Raven- oder Taylorbrüdern. Diese äußerst strenge und in sich gekehrte Richtung hatte sich schon seit 1890 von den gemäßigteren Richtungen der „Brüder" getrennt.

Watchman Nee bat den oben genannten Verlag, ihm noch mehr Lektüre zu schicken. Dadurch wurde die Aufmerksamkeit der Taylorbrüder auf dies Werk Gottes in China gerichtet. Als Ergebnis weiterer schriftlicher Kontakte kamen dann im Herbst 1932 sechs Brüder – zwei aus England, drei aus Australien und einer aus Amerika – zu einem ausgedehnten Besuch nach China. Sie trafen dort eine Anzahl Gemeinden von Gläubigen an, die untereinander Gemeinschaft ausübten, und sich ohne ein kirchliches Organisationssystem versammelten, lehrmäßig richtig standen und feurig im Geiste waren. Diese sechs Brüder waren davon so beeindruckt, daß sie kein Hindernis sahen, diese Gemeinden international vorzustellen und sich mit ihnen zu vereinigen. Angesichts der strengen Exklusivität der Taylorbrüder darf dies wohl als ein Wunder betrachtet werden! Die sechs Brüder nahmen mit den „nächsten“ Versammlungen Kontakt auf, nämlich in Vancouver und in Brisbane, und unter Zustimmung dieser Versammlungen hatten sie Freimütigkeit, mit den Brüdern in China das Brot zu brechen. Das war am 6. November 1932.

1933 besuchte Watchman Nee viele Versammlungen in England und Amerika und diente in verschiedenen davon mit dem Wort. Kurz nachdem er von England nach Amerika gereist war, wurde bekannt, daß er bei einer Gelegenheit mit dem freien Baptistenkreis des bekannten T. Austin Sparks das Brot gebrochen hatte. Auch in Amerika brach Watchman Nee das Brot in einer freien Hausgemeinde. Diese Übertretung des „exklusiven“ Grundsatzes führte zu einer ausgedehnten Korrespondenz, die wegen der weiten Wege nach China sehr schleppend verlief. In dem letzten Brief der Brüder aus Shanghai vom 2. Juli 1935 wurde Watchman Nees Handlungsweise gutgeheißen. Die Gemeinde Gottes sei umfassender als die „Brüderbewegung“, und daher behielten sich die Brüder in China das biblische Recht vor, überall, wo wahre Gläubige nach biblischen Grundsätzen zusammenkommen – also frei von Klerikalismus und sektenhaften Beschränkungen sind – mit ihnen Gemeinschaft zu pflegen, indem sie das Abendmahl feierten.

Am 31. August 1935 übersandten die Brüder aus London ihr abschließendes Urteil, so, wie es in einer großen Zusammenkunft festgelegt war. Sie bekannten darin, den Versammlungen in China zu schnell die Hände aufgelegt zu haben und wiesen deren Grundsätze als unbiblisch zurück. Damit war die Gemeinschaft mit den chinesischen Versammlungen zerbrochen. Watchman Nee wird das nicht allzu tragisch genommen haben; denn wenn er auch großen Respekt vor dem „geistlichen Reichtum" bei den „Brüdern" gehabt hat, so war er doch gleichzeitig tief enttäuscht wegen ihres Dünkels, der sie Sätze sagen ließ wie: „Gibt es noch geistliche Werte, von denen wir nichts wissen?" oder: „Es bedeutet nur Zeitverschwendung, etwas zu lesen, was andere Christen geschrieben haben; denn was sollten die haben, was wir nicht besitzen?" Als Watchman Nee England verließ, vertraute er einem befreundeten Bruder an: „Leute, ihr habt viel Licht, aber ach, so wenig Glauben!"

Aus dem Blatt: *Mitteilungen aus dem Werk des Herrn,* einer Zeitschrift der niederländischen Versammlungen der „Brüder", erfahren wir, daß Watchman Nee und die mit ihm verbundenen Versammlungen in China zu jener Zeit auch Kontakte zu chinesischen Versammlungen hatten, die der gleichen „Richtung" angehörten wie die Versammlungen in den Niederlanden und in anderen westeuropäischen Ländern. Er kannte auch Missionare wie Heinrich Ruck und die Brüder Wilhelm und Gustav Koll, die von solchen Kontakten den Brüdern in Europa berichteten. Leider zerbrachen auch diese Beziehungen. Die Unterschiede waren sichtlich zu groß. Sehr zu bedauern ist, daß wir nicht Watchman Nees Urteil über diese „Brüderversammlungen" kennen.

Die vor allem durch den Dienst Watchman Nees entstandenen Versammlungen – einige schätzen sie auf mehr als

70 000 Personen – gingen also fortan ihren eigenen Weg. Kennzeichen dieser Bewegung sind:

1. daß sie den örtlichen Versammlungen einen äußerst wichtigen Platz zuweist (wie auch aus den folgenden Vorträgen zu ersehen ist),

2. daß jede Gemeinde vom Herrn eingesetzte Älteste hat, die auch von der Gemeinde anerkannt werden,

3. daß sie eine spezielle Art von Arbeitern kennt, die durch den Herrn besonders berufen sind, um neue Gemeinden zu gründen, und die als „Gesandte" oder „Apostel" bezeichnet werden (selbstverständlich werden sie nicht mit den zwölf Aposteln des Neuen Testaments auf eine Stufe gestellt).

Diese mit Watchman Nee verbundenen Gemeinden sind dann als die Little Flock- (Kleine Herde-) Bewegung bekannt geworden.

Nach der Gründung der chinesischen Volksrepublik im Jahre 1949 ist dort die christliche Arbeit in den Untergrund gegangen. Man hat aber Berichte über die Versammlungen, die durch Watchman Nees Dienst entstanden sind, und über ihn selbst erhalten. Auch sind verschiedene seiner biblischen Vorträge in den Westen gelangt, und einige haben auch bei uns weite Verbreitung erfahren.

Während der kommunistischen Unterdrückung hat Watchman Nee wegen seines Glaubens fast zwanzig Jahre in Gefängnissen zugebracht und darin unvorstellbar gelitten.

Kurz nach seiner Freilassung am 1. Juni 1972 entschlief er im 63. Lebensjahr.

Watchman Nees Schau von Offenbarung 2 und 3

Die prophetische Schau Watchman Nees in bezug auf die sieben Sendschreiben in Offenbarung 2 und 3 ist die in der „Brüderbewegung" überall akzeptierte und unter anderen durch folgende Brüder verteidigte Lehrmeinung: T.B. Baines, A.H. Burton, E.H. Chater, C.A. Coates, J.N. Darby, E. Dennett, F.W. Grant, H.A. Ironside, F.C. Jennings, W. Kelly, H. Rossier, W. Scott, H. Smith, H.H. Snell, C. Stanley, F.A. Tatford, A. Van Ryn, H.C. Voorhoeve und W.T. Whybrow. Ich selbst habe diese Schau ausführlich in meinem Kommentar zu diesem Buch der Bibel verteidigt in: *Das Buch der Offenbarung*. Gerne verweise ich auf dieses Buch, weil dort diese Schau eingehender begründet wird. Hier kann ich nur die Hauptlinien nachzeichnen.

Die Sendschreiben an die sieben Gemeinden in Asien dürfen sicher nicht ausschließlich prophetisch ausgelegt werden (so wie Watchman Nee das in seinem Büchlein auch ausdrücklich sagt). Es geht hier um sieben damals bestehende Gemeinden in Asien, die sich in einem bestimmten geistlichen Zustand befanden. Daß Christus sie daraufhin lobend oder ermahnend anspricht, hatte zuallererst große praktische Bedeutung für diese Gemeinden selbst (und selbstverständlich auch für jede Gemeinde heute). Aber gleichzeitig ist Watchman Nee zusammen mit der ganzen „Brüderbewegung" davon überzeugt, daß wir bei dieser, auf die damaligen Gemeinden bezogenen Auslegung nicht stehen bleiben dürfen, ist doch das ganze Buch Prophetie (siehe 1,3), demzufolge auch die Kapitel 2 und 3. Dieser Teil des Buches beschreibt, „was ist“ (1,19), d.h. was von der apostolischen Zeit an bis zum dritten Teil des Buches geschieht. Im dritten Teil (von Kapitel 4 an) wird dann beschrieben, „was nach diesem geschehen soll“, d.h. nach der Aufnahme der Kirche (vgl. 1,19 und 4,1).

Kurz ausgedrückt besagt die prophetisch-endzeitliche Auslegung von Offenbarung 2 und 3, daß die sieben Sendschreiben auf sieben aufeinander folgende Epochen der Kirchengeschichte hinweisen. Das geht vom Ende des ersten Jahrhunderts bis zur Entrückung der Gemeinde, die in Kapitel 4 vorausgesetzt wird, weil die vierundzwanzig Ältesten ein Bild der verherrlichten Gemeinde im Himmel sind. Der Inhalt der sieben Sendschreiben entspricht jeweils den folgenden sieben kirchengeschichtlichen Epochen:

Ephesus: der erste Verfall in der nachapostolischen Kirche. Wohl finden sich viel Sendungseifer und herzliches Erbarmen; aber die „erste Liebe“ wurde verlassen.

Smyrna: die Periode der großen Christenverfolgungen im zweiten, dritten und zu Beginn des vierten Jahrhunderts. Segensverheißungen für alle, die in den Drangsalen standhalten.

Pergamus: die Periode, in der die Kirche vom Staat abhängig wird (seit der Christianisierung des römischen Reiches unter Konstantin dem Großen). Starke Zunahme der heidnischen Einflüsse. Als ein treuer „Antipas“ steht eine Figur wie Athanasius in der Kirche.

Thyatira: die Periode der mittelalterlichen römisch-katholischen Kirche. Nach dem Fall des weströmischen Reiches schneller Aufstieg des Papsttums. Im vierzehnten und fünfzehnten Jahrhundert Niedergang und schließlich abscheulicher moralischer Verfall des Papsttums. Ein getreuer Überrest hatte sich erhalten: Franz von Assisi, John Wycliff und Johannes Hus, die Waldenser und Albigenser, die böhmischen Brüder und die Brüder des Gemeinen Lebens.

Sardes: die Periode des Staats- und Volksprotestantismus seit dem 16. Jahrhundert, entstanden aus dem Werk des Geistes Gottes (die Reformation), aber entartet zu totem Menschenwerk. Viel Streit untereinander. Der Protestantismus stellte sich unter den Schutz der weltlichen Obrigkeit. Der frische biblische Unterricht versandet in der lutherischen und reformierten Scholastik. Nur wenige Getreue sehen die Notwendigkeit einer inneren Reformation (Pietisten, Puritaner, freikirchliche Bewegungen). Gerade im Protestantismus entstehen der Deismus und die „Aufklärung" mit ihrer „höheren Bibelkritik".

Philadelphia: Watchman Nee setzt „Philadelphia" ohne weiteres mit der „Brüderbewegung" gleich. Etwas bescheidener möchte man „Philadelphia" in den Trennungen vieler Treuer vom Volksprotestantismus im 19. Jahrhundert sehen. Man nannte sie z.B. Rèveil, Dissidenten oder Indepedenten. Allerdings ist es leider wahr, daß viele von ihnen nichts Besseres wußten, als in ihren Kreisen die Volks- und Staatskirchen, aus denen sie gekommen waren, starr zu kopieren. Am konsequentesten waren die (wenigen) evangelikalen Gruppierungen, die sich gegen Verkirchlichung und Sektiererei wandten und radikal zu neutestamentlichen Grundsätzen für ihr persönliches und für das gemeindliche Christenleben zurückkehrten.

Laodicäa: Die schwerwiegendsten Abweichungen von der Schrift kommen in der Endzeit (dem 20. Jahrhundert) – neben dem schon viel länger anhaltenden Verderben in der römischen Kirche (Thyatira) und im Volksprotestantismus (Sardes) – gerade in allerlei (äußerst anmaßenden) Erweckungs- und Trennungsbewegungen vor wie bei den Mormonen, den Zeugen Jehovas, den Neuapostolischen, der Christlichen Wissenschaft, aber auch z.B. in der „Neoorthodoxie" der Synodalreformierten und, was die „Brüder" angeht, bei den extremen „Geschlossenen Brüdern". Sardes ist tot und daher kalt und kann niemals lau werden; aber Laodicäa ist lau; denn was in Philadelphia warm war, ist in Laodicäa „lau" (eklig) geworden. Laodicäa besitzt noch die äußerliche Gestalt von Philadelphia; aber anstatt ein feuriges Herz für den Herrn Jesus zu haben, dreht sich alles um die (vermeintlichen) Reichtümer. Der Segen Philadelphias ist hier zu einem abscheulichen Anlaß geworden, hochmütig zu werden. Philadelphia ist in Wirklichkeit klein und unauffällig; sie hat nichts Besonderes – außer den Herrn. Laodicäa dagegen hat (wie sie behauptet) „alles" – außer den Herrn.

Watchman Nees Schau von der „Brüderbewegung"

Das Überraschende bei Watchman Nees Auslegung ist, daß er Philadelphia so freimütig mit der „Brüderbewegung" gleichsetzt. Seine überschwengliche Beschreibung der „Brüderbewegung" läßt jeden richtig stehenden Bruder rot vor Verlegenheit werden. Ebenso überraschend – oder vielmehr schockierend – ist es dann, wenn Watchman Nee im folgenden erklärt, Laodicäa sei ebenso sehr ... (und ausdrücklich) die „Brüderbewegung". Und wieder werden die Wangen jedes richtig stehenden „Bruders" rot, diesmal aber vor Scham. Natürlich könnte man, wenn man will, nachweisen, daß Watchman Nees Analyse der „Brüderbewegung" überzogen ist. Man könnte anführen, daß bei seiner Beurteilung ohne Zweifel auch seine enttäuschenden Erfahrungen mit der „Brüderbewegung" eine Rolle spielen. Man könnte darauf verweisen, daß er leider meistens mit der extremsten und sektierereischsten und exklusivsten Richtung unter den „Brüdern" zu tun gehabt hat und offensichtlich daraufhin die ganze „Brüderbewegung" be- oder verurteilte. Doch kann man mit diesen Gegenargumenten das Eigentliche der Nee´schen Beurteilung nicht einfach vom Tisch wischen. Man könnte auch sogleich anführen, daß dieselbe laodicäische Anmaßung ebenfalls in anderen getrennten Glaubensgemeinschaften, und vielleicht in noch weit stärkerem Maße, angetroffen wird. Aber auch damit kann man sich nicht von Nees Tadel freikaufen. Im Gegenteil, er würde augenblicklich erwidern, daß die Anmaßung Roms (Thyatira) und des verfestigten Protestantismus (Sardes) per definitionem niemals so arg wie die Überheblichkeit Laodicäas sein kann, die ja die Wärme, das Licht und die Nähe des Herrn in Philadelphia kennen gelernt hatte. Und tatsächlich zeigt er das auch in seinem Büchlein.

Der berühmte griechische Kirchenvater Chrysostomos hatte schon gesagt, daß die Verderbnis des Besten die schlimmste Verderbnis ist. Laodicäa ist davon der traurige

Beweis. Das Zeugnis eines der größten Gottesmänner des 20. Jahrhunderts im Hinblick auf die „Brüderbewegung" muß darum als prophetisches Zeugnis sehr ernst genommen werden. Die „Brüderbewegung" hat sich weit mehr als alle anderen Glaubensgemeinschaften in der Kirchengeschichte gegen Sektierertum und Klerikalismus gewehrt und in den ersten Jahrzehnten ihr Antisektierertum sowohl lehrmäßig wie auch praktisch in hohem Maße verwirklicht. Wenn eine solche Glaubensgemeinschaft zu einer Sekte entartet – mit ihrem typischen Nestgeruch, ihren Sonderlehren, ihren eigenen Lehrern, ihrem exklusiven Charakter, ihren Anmaßungen und ihrer Selbstüberschätzung und nicht zuletzt mit ihren Trennungen – dann ist sie die ärgste Sekte, die es gibt. Dann prahlt sie mit ihren Anführern, mit ihrer einzigartigen Literatur, mit ihrem „Licht" über die Wahrheit, das sie als einzige zu besitzen meint – aber die Wärme der Gegenwart des Herrn ist abgekühlt, das Licht ist verdunkelt. Er steht draußen und klopft an. Das bedeutet, daß Er die Gemeinde noch nicht aufgegeben hat – aber Er steht nun einmal draußen!

Watchman Nee sagt nicht, daß es überall in der „Brüderbewegung" so schlimm geworden sei; aber er hat doch schon in den 40er Jahren vorhergesehen, was leider heute bei allzu vielen „Brüdern" Gemeingut geworden ist: abstoßende sektiererische Anmaßung und Engherzigkeit. Es ist die Haltung des „Wir sind es", „Wir haben es", „Wir wissen es", „Nur bei uns ist der Tisch des Herrn", „Nur bei uns ist der Herr in der Mitte" und nicht zuletzt „Wir sind Philadelphia". Schon die alten „Brüder" lehrten, daß wenn wir sagen, wir seien Philadelphia, das schon aus einem laodicäischen Geist heraus kommt. Das weiß jeder

„Bruder" und darum sagt auch niemand öffentlich, „wir" seien Philadelphia; aber viele *handeln* wohl dementsprechend, und das ist genau dasselbe. Man kann sie schnell auf die Probe stellen, wenn man sie nur fragt, welche Gemeinden in ihrem Lande denn wohl den Charakter von Philadelphia tragen. Wenn die Antwort lautet: „Keine einzige", oder: „Vielleicht hier und da eine; aber *ich* kenne sie nicht", dann hat man einen Laodicäer vor sich; denn dann hat derjenige offensichtlich keinen Blick für das, was der Herr an zahlreichen Orten in Seiner Kirche wirkt, und er meint, daß höchstens der eigene Kreis als Philadelphia betrachtet werden kann.

Viele *sagen*, daß sie aus Liebe zum Herrn und zu Seinem Wort handelten und sich auch mit aller Kraft dafür einsetzten. Aber wenn man ihre Worte hört und ihre Schriften liest, zeigen sie, daß sie in Wirklichkeit „den Platz", „den Tisch", „die Grundlagen des Zusammenkommens" verabsolutieren. Und das sind abstrakte Begriffe, die für allzu viele tatsächlich die Stelle des Herrn eingenommen haben. Das klingt sehr hart; aber wir könnten eine Menge Briefe und Broschüren aus den vergangenen Jahren aus verschiedenen westlichen Ländern zeigen, die diesen Geist Laodicäas unmißverständlich zur Schau stellen. Die Schreiber sind offensichtlich blind für diesen Tatbestand; sie haben die Augensalbe Laodicäas nötig.

Watchman Nees Schau der Kirche

Natürlich sagt Watchman Nee nirgends, daß die durch seinen Dienst entstandenen Versammlungen in China auf dem Boden von Philadelphia stünden. Noch deutlicher: Er sagt, daß die Gemeinden, die er kennt, an dem einen Ort einen Philadelphia- an einem anderen Ort einen Laodicäacharakter tragen können. Doch meine ich, aufgrund dessen, was bekannt geworden ist, sagen zu dürfen, daß diese Versammlungen, die inmitten der schrecklichen kommunistischen Verfolgung, so gut und so schlecht wie es ging, die Wahrheit aufrecht hielten, die schönen Kennzeichen Philadelphias zeigten. In diesem Büchlein sagt uns Watchman Nee, wie Gemeinden auch heute die Kennzeichen Philadelphias bleibend darstellen können. Das geht nur, wenn sie sich nichts auf sich einbilden, wenn sie nicht meinen, mehr „Licht“ und „Durchblick“ als andere Gläubige zu haben und sie darum aussperren, wenn sie in wahrer Niedrigkeit nur dem Herrn zu dienen und Ihn anzubeten begehren, wenn sie nicht mehr sein wollen, als eine Gemeinschaft von Gläubigen, die in Wandel und Lehre dem Herrn treu ist, die über die Heiligkeit des Tisches des Herrn wacht, aber gleichzeitig darauf achtet, keine sektiererischen Mauern um diesen Tisch zu errichten, sondern alle Gläubigen an diesem Tisch willkommen heißt – sonst wird es ein Tisch dieser oder jener Sekte – und sich zu gleicher Zeit vor der „Lehre der Nikolaiten“ hütet, und dem Klerikalismus nicht erlaubt, sich einzuschleichen, wodurch sich wieder eine „Geistlichkeit“ über die „Laien“ stellt, so wie in „Thyatira“ die Priester und in „Sardes“ die Pastoren.

Das ist alles: Eine Gemeinschaft, in der es nur „Brüder“ gibt und nur einer „Meister“ ist, eine Gemeinschaft, die durch wahre Bruderliebe gekennzeichnet wird (das bedeutet ja *Philadelphia*), gekennzeichnet auch durch die

Demut und Sanftmut des Meisters, wo man sich nicht untereinander beißt und frißt, sondern einander erträgt in der Liebe Christi, trotz lehrmäßiger und praktischer Unterschiede, wo man nicht eine Gemeinschaft von gleichförmig Denkenden – das Kennzeichen einer Sekte – sucht, sondern der Gemeinschaft mit allen Kindern Gottes nachstrebt, zu welcher Denomination sie auch gehören mögen. Solche Gemeinschaft ist antisektiererisch und antiklerikal und bewahrt das richtige Gleichgewicht zwischen Gottes Heiligkeit und Gottes Liebe.

Von großer Bedeutung ist die Tatsache, daß Watchman Nee in besonderer Weise auf die Gemeindeschau der „Brüder" hinweist. Er rügt die „Geschlossenen Brüder" wegen ihres Strebens nach internationaler Einheit der „Versammlungen" – die z.B. in einheitlicher Beschlußfassung zum Ausdruck kommt – während die Schrift eine derartige Einheitlichkeit, die sich z.B. in weltweiter Anerkennung von Versammlungsbeschlüssen äußern würde, ganz und gar nicht kennt. Das ist eine rein menschliche Erfindung. In der Schrift ist die „Einheit des Leibes Christi" nichts anderes als die Geisteseinheit der einzelnen *Glieder* und nie und nimmer ein Einheitsverband örtlicher *Gemeinden.* Das bedeutet selbstverständlich nicht, daß sich Gemeinden z.B. niemals um Zuchtbeschlüsse anderer Gemeinden kümmerten, im Gegenteil, eine *heilige* Versammlung erkennt die *heilige* Zucht anderer Versammlungen an. Aber das ist ganz etwas anderes, als blindlings (also auf unheilige Weise) gute und falsche Versammlungsbeschlüsse anzuerkennen. Eine heilige Versammlung anerkennt nur heilige, niemals unheilige Beschlüsse. Die Einheitlichkeit, der die „Geschlossenen Brüder" nachstrebten, hat zudem mit eiserner Gesetzmäßigkeit stets zu einer Art synodalem Zentralismus geführt, einer starken zentralen Führung, die im Verborgenen oder sogar öffentlich in nationalen Brüderzusammenkünften die Einheitlichkeit der „Versammlungen" gewährleistet und durchsetzt. Das ist absolut gegen die Schrift. Watchman Nee hat am eigenen Leibe erfahren, was der Terror einer derartigen zentralen Steuerung bedeutet.

Mit seinem Tadel gegen die „Geschlossenen Brüder" spricht er etwas ganz Besonderes an. Er sagt, sie machten sich große Sorgen darum, daß ein auf der anderen Seite des Erdballs gefaßter Versammlungsbeschluß auch sofort und überall anerkannt wird, während sie gleichzeitig wenig Kummer darüber haben, daß sie von vielen (von Gott) geliebten Mitgläubigen am Ort getrennt leben. Wenn sie so vollmundig von der „Einheit des Leibes Christi" reden, warum geben sie sich dann nicht mehr Mühe, mit allen anderen Gläubigen in ihrer Stadt oder in ihrem Dorf zusammenzugehen? Oder haben sie die Mitgläubigen schon als unverbesserlich aufgegeben? Aber oft ist die örtliche „Brüder"-Versammlung so wenig aktiv, daß die Mitgläubigen am Ort nicht einmal um ihre Existenz etwa wissen! Die Versammlung in einer holländischen (oder deutschen) Stadt macht sich Gedanken, wie sie die „Einheit des Leibes Christi" darstellen kann, indem sie etwa in Timbuktu gefaßte Beschlüsse ausführt; aber die gemeindliche Einheit, für die sie in erster Linie verantwortlich ist, die am eigenen Ort, macht ihr überhaupt keine Sorgen (mehr). Ja, sie behauptet, örtlich der Einheit Ausdruck zu geben – und erklärt alle Gläubigen am Ort für „ungehorsam", weil sie nicht „mit ihr" das Brot brechen – kümmert sich aber schon lange nicht mehr darum, die anderen in ihren Gewissen zu überzeugen. Die Ursache davon ist nicht nur Trägheit, sondern auch ein sektiererisches Herabblicken auf die anderen: „Wir sind's, und die anderen wollen das nicht einsehen."

Auch mit den „Offenen Brüdern" hat Watchman Nee ein Hühnchen zu rupfen. Diese kennen allerdings nicht die Idee der internationalen Einheitlichkeit der Kirche (so weisen sie unheilige Beschlüsse anderer „Versammlungen" ohne weiteres zurück und verwerfen auch den synodalen Zentralismus); aber sie nehmen dafür die örtliche Einheit der Gemeinde auf die leichte Schulter. Sie finden nichts dabei, wenn die Gemeinde eines Ortes auseinanderbricht. Beide Hälften wollen dann nicht mehr viel miteinander zu tun haben. Jede geht ihren eigenen Weg und nennt sich unbekümmert „Gemeinde" – als ob es zwei „Gemeinden Gottes" an einem Ort geben könnte. Natürlich kann die eine Gemeinde Gottes in einer Stadt oder in einem Dorf aus praktischen Gründen an vielen verschiedenen Stellen zusammenkommen, wie es ja auch in der Anfangszeit in Jerusalem geschah (Apg. 2). Aber darum bleibt es doch in Wirklichkeit eine (einträchtige) örtliche Gemeinde, die ihre örtliche Einheit und Eintracht auch praktisch wahrmacht.

Die „Geschlossenen Brüder" jagen einer weltweiten Einheit (besser: Einheitlichkeit) nach und vernachlässigen darüber die örtliche Einheit. Die „Offenen Brüder" wissen von internem Getrenntsein, das sich bis in die Ortsgemeinde fortsetzen kann. Dieser Art Mißverständnissen – ganz abgesehen von ihrem Mangel an Bruderliebe (*Philadelphia*) und ihren vielfachen hochmütigen, sektiererischen

Anmaßungen – ist nach Watchman Nee die „Brüderbewegung“ aufs ganze gesehen tatsächlich geistlich erlegen. Damit soll nichts gegen die treuen Versammlungen gesagt sein.

Der Ausweg aus dieser Sackgasse ist ihm zufolge einerseits *moralischer Art*: Wiederherstellung wahrer Demut in Christus, wahrer Bruderliebe, die Aufgabe aller Anmaßungen und das Begehren, nichts weiter zu wollen, als zu der Gemeinschaft aller Kinder Gottes auf Erden zu gehören.

Andererseits ist dieser Ausweg auch *grundsätzlicher Art*: Dazu gehört der Gewinn einer neuen Sicht von der örtlichen Gemeinde. Dieses oder jenes System von Glaubensgemeinschaften, das sich unter dem Namen „Christliche Versammlung“ präsentiert, oder diese oder jene „Brüderbewegung“ bedeutet genau genommen überhaupt nichts. Die Kirche Gottes auf Erden ist das Einzige, was zählt. Wenn es auch Kritik herausfordern wird, müssen wir doch wieder die *Gemeinschaft aller wahren Kinder Gottes, die rein in Lehre und Wandel sind,* sehen lernen, und das nicht als bloße Theorie, sondern als *praktische Wirklichkeit*. Das kann mit vielen inneren Kämpfen verbunden sein; allerlei menschliche Theorien – über „Verunreinigung“ durch Kontakte zu andersdenkenden Gläubigen, über die „Einheit des Leibes Christi“, wie sie nur innerhalb der Versammlungen der „Brüder“ existiere und so weiter – müssen entschieden abgelehnt werden.

Watchman Nee legt zurecht großen Nachdruck auf die Bedeutung der örtlichen „Versammlung“. Wir können uns viele Gedanken über Beschlüsse in Timbuktu machen, über die Situation der Versammlungen in Tirana und auf Timor, aber unsere eigene Versammlung an unserem Wohnort vergessen. Wir müssen (sagt der Autor) ganz und gar aufhören, für diese oder jene unbiblische Einheitlichkeit zu kämpfen. Nein, wir müssen uns aufs neue für die örtlichen Versammlungen engagieren. Watchman Nees Studie ist uns dafür eine gewaltige Ermutigung. Wir wollen uns nicht schämen, dazu seine unverblümte Beurteilung der „Brüderbewegung" ans Licht zu bringen – in der Hoffnung, daß alle Leser bereit sein werden, nur für das zu kämpfen, was *für uns primär* die Kirche Gottes auf Erden darstellt: unsere örtliche Gemeinde. Allerdings ist dann die Gemeinde so zu verstehen, daß sie alle Gläubigen am Ort umfaßt.

Laodicäa hat sich nicht um Thyatira und Sardes zu kümmern. Sie selbst muß umkehren und die Tür ihres Herzens aufschließen, damit der Herr wieder hereinkommen und das Abendbrot mit ihr essen kann. Möchten sich die geschlossenen Türen in unseren Gemeinden auch wieder öffnen, um wieder in Demut und Bruderliebe die Gegenwart des Herrn auf überwältigende Weise zu erfahren. Es sollte doch nicht länger um das Pochen auf einen „Platz" oder eine „Grundlage" gehen. Es geht um nichts Geringeres als um die strahlende Anwesenheit des Herrn in den Gemeinden. Dann wird es leuchten, entweder, weil unsere Herzen für Ihn brennen, oder weil Seine Augen wie Feuerflammen die Ungerechtigkeiten in den Gemeinden an den Pranger stellen.

Willem J. Ouweneel

Die Gemeinde in Philadelphia

7 Und dem Engel der Versammlung in Philadelphia schreibe: Dieses sagt der Heilige, der Wahrhaftige, der den Schlüssel des David hat, der da öffnet, und niemand wird schließen, und schließt, und niemand wird öffnen: 8 *Ich kenne deine Werke. Siehe, ich habe eine geöffnete Tür vor dir gegeben, die niemand zu schließen vermag; denn du hast eine kleine Kraft und hast mein Wort bewahrt und hast meinen Namen nicht verleugnet.* 9 *Siehe, ich gebe aus der Synagoge des Satans von denen, welche sagen, sie seien Juden, und sind es nicht, sondern lügen; siehe, ich werde sie zwingen, daß sie kommen und sich niederwerfen vor deinen Füßen und erkennen, daß ich dich geliebt habe.* 10 *Weil du das Wort meines Ausharrens bewahrt hast, werde auch ich dich bewahren vor der Stunde der Versuchung, die über den ganzen Erdkreis kommen wird, um die zu versuchen, welche auf der Erde wohnen.* 11 *Ich komme bald; halte fest, was du hast, auf daß niemand deine Krone nehme!* 12 *Wer überwindet, den werde ich zu einer Säule machen in dem Tempel meines Gottes, und er wird nie mehr hinausgehen; und ich werde auf ihn schreiben den Namen meines Gottes und den Namen der Stadt meines Gottes, des neuen Jerusalem, das aus dem Himmel herniederkommt von meinem Gott, und meinen neuen Namen.* 13 *Wer ein Ohr hat, höre was der Geist den Versammlungen sagt!* (Offenbarung 3,7-13).

8 *Ihr aber, laßt ihr euch nicht Rabbi nennen; denn einer ist euer Lehrer, ihr alle aber seid Brüder.* 9 *Ihr sollt auch nicht jemand*

auf der Erde euren Vater nennen; denn einer ist euer Vater, der in den Himmeln ist. 10 Laßt euch auch nicht Meister nennen; denn einer ist euer Meister, der Christus. 11 Der Größte aber unter euch soll euer Diener sein (Matthäus 23,8-11).

Jesus spricht zu ihr: Rühre mich nicht an, denn ich bin noch nicht aufgefahren zu [meinem] Vater. Geh aber hin zu meinen Brüdern und sprich zu ihnen: Ich fahre auf zu meinem Vater und eurem Vater und zu meinem Gott und eurem Gott (Johannes 20,17).

Denn auch in einem Geiste sind wir alle zu einem Leib getauft worden, es seien Juden oder Griechen, es seien Sklaven oder Freie, und sind alle mit einem Geiste getränkt worden (1. Korinther 12,13).

Da ist nicht Jude noch Grieche, da ist nicht Sklave noch Freier, da ist nicht Mann und Weib; denn ihr alle seid einer in Christo Jesu (Galater 3,28).

Nachdem wir bisher über die fünf ersten Gemeinden aus Offenbarung 2 und 3 gesprochen haben, möchte ich noch einmal beschreiben, wie sie sich im Verhältnis zu der apostolischen Gemeinde darstellen, um dann die beiden letzten Gemeinden eingehender zu betrachten.

Obwohl die Gemeinde zu Ephesus schon ein wenig Verfall zeigt, befindet sie sich doch noch auf der geraden Linie wie zur Zeit der Apostel, weil auch der Herr sie als Fortsetzung der apostolischen Gemeinde anerkannte. Danach kommt Smyrna, das dieselbe Linie fortsetzt. Smyrna ist wirklich eine leidende Gemeinde. Sie wird weder gelobt noch getadelt. Nach Smyrna verändert sich das Bild, wenn Pergamus erscheint. Diese Gemeinde setzte die richtige Lehre der Apostel nicht fort; sie vereinigte sich mit der Welt und bewegte sich abwärts. Sie folgte wohl auf die Gemeinde in Smyrna; aber sie blieb nicht in der Lehre der Apostel. Weil sich Pergamus auf dieser absteigenden Linie bewegte, mußte es mit Thyatira noch weiter bergab gehen. Sie folgte der Richtung von Pergamus; das war aber nicht die der Apostel. Sardes ging aus Thyatira hervor, machte aber eine Wendung in Richtung auf die ursprüngliche Linie. Thyatira wird bestehen bleiben, bis der Herr kommt, auch Sardes wird bis zum Kommen des Herrn bestehen bleiben.

Nun möchten wir Philadelphia einführen. Philadelphia ist die Gemeinde, die zu der rechten Lehre der Apostel zurückkehrt. Sie macht eine Wendung bis in die Ausgangsposition durch, wie wir sie in der Bibel finden. Der Weg der Wiederherstellung begann mit Sardes und wurde mit Philadelphia vollendet. Nun befinden wir uns wieder auf derselben geraden Linie der Apostelzeit. Philadelphia ging aus Sardes hervor. Sie ist nicht die römisch-katholische Kirche und auch nicht die protestantische Kirche, sondern die Fortsetzung der Gemeinde aus den Tagen der Apostel. Später kam Laodicäa, das wir nachher besprechen werden. Jetzt aber werden wir uns einige Zeit mit Philadelphia beschäftigen, in der Hoffnung Klarheit darüber zu erhalten, was diese Gemeinde uns zu sagen hat.

Unter den sieben Gemeinden werden fünf getadelt und zwei nicht. Die zwei, die nicht getadelt werden, sind Smyrna und Philadelphia. Sie werden als einzige vom Herrn gutgeheißen. Es ist in der Tat bemerkenswert, daß die Worte, die der Herr zu Philadelphia spricht, beinahe mit dem übereinstimmen, was Er Smyrna zu sagen hat. In Smyrna bestand das Problem des Judaismus, und das war in Philadelphia genauso. Der Gemeinde in Smyrna sagt der Herr: „... auf daß ihr geprüft werdet ...", während Er der Gemeinde in Philadelphia sagt, Er werde sie „bewahren vor der Stunde der Versuchung, die über den ganzen Erdkreis kommen wird, um die zu versuchen, welche auf der Erde wohnen". Der Herr spricht auch zu beiden Gemeinden von Kronen. Zu Smyrna sagt Er: „Ich werde dir die Krone des Lebens geben", während Er zu Philadelphia sagt: „Halte, was du hast, auf daß niemand deine Krone nehme." Diese Übereinstimmungen lassen erkennen, daß diese beiden Gemeinden auf einer Ebene stehen. Die Gemeinde in Sardes ließ eine gewisse, aber keine vollständige Wiederherstellung erkennen, eine Wiederherstellung, die nicht zum Abschluß gebracht wurde. Dagegen stimmt die Wiederherstellung Philadelphias mit den Wünschen des Herrn überein. Philadelphia bekommt nicht nur keinen Tadel wie Smyrna, es wird sogar gelobt. Die durchgehende gerade Linie, die wir gezeichnet haben, ist die der Auserwählten, wobei wir natürlich wissen, daß Philadelphia am meisten den Vorstellungen des Herrn entsprach. Philadelphia setzt die Linie der rechten Lehre der Apostel fort. Es macht eine Wiederherstellung auf das Niveau Smyrnas durch. Demzufolge sind die Worte, die der Herr zu dieser Gemeinde redet, Worte, die wir zu bewahren und denen wir zu gehorchen haben. Der Verfall von Pergamus und Thyatira war so groß, daß, als Sardes erschien, es einen gewaltigen Aufschwung gab, der aber nicht zu einer völligen Wiederherstellung führte. Wenn sich Sardes auch in die richtige Richtung bewegte, erreichte es sein Ziel letztlich doch nicht. Bei Philadelphia ist die Wiederherstellung vollkommen. Ich hoffe, daß wir das so richtig in den Blick bekommen!

Das griechische *Philadelphia* ist aus zwei Worten zusammengesetzt. Das eine (*phileo*) bedeutet „einander liebhaben", und das andere Wort (*adelphos*) heißt „Bruder". „Philadelphia" heißt also „Bruderliebe". „Bruderliebe" ist hier der Kern der Prophetie des Herrn. Das Opfern ist ein spezielles Kennzeichen Thyatiras, wie schon der Name sagt („Opfertür" oder „Bußopfer"), und ist erfüllt in der römisch-katholischen Kirche. Wiederherstellung ist charakteristisch für Sardes („Entkommen" oder „Überrest") und ist in den protestantischen Kirchen erfüllt. Nun sagt uns der Herr, daß es eine Gemeinde gibt, die schon völlig hergestellt ist und durch Ihn gelobt wird. Alle, die die Bibel erforschen, werden sich fragen, wer denn nun Philadelphia ist. Wo finden wir diese Gemeinde in der Geschichte? Ganz gewiß, an dieser Frage dürfen wir nicht leichtfertig vorübergehen.

In Offenbarung 2 wurde schon über die Werke und die Lehre der Nikolaiten in den Gemeinden von Ephesus und Pergamus gesprochen („Nikolaiten" heißt „Besieger/Bezwinger/Eroberer des Volks" oder „der Laien"). Ich habe schon erklärt, daß es sich dabei um eine Klasse von Priestern handelt. Bei den Israeliten war das Priestertum den Leviten vorbehalten. Aber in der Kirche sind alle Kinder Gottes Priester. 1. Petrus 2 und Offenbarung 5 lassen deutlich erkennen, daß alle, die Christus durch Sein Blut erkauft hat, Priester sind. Dessen ungeachtet riefen die

Nikolaiten ein besonderes Priesteramt ins Leben. Die „Laien", also die gewöhnlichen Gläubigen, mußten ihren weltlichen Berufen nachgehen und sich mit weltlichen Angelegenheiten befassen, während den Priestern vorbehalten blieb, über den Laien zu stehen und sich mit geistlichen Dingen zu beschäftigen.[1]

Jetzt werde ich kurz wiederholen, was ich über die Nikolaiten gesagt habe, über diese Mittlerklasse zwischen den Laien und Gott. Die Juden haben ihr jüdisches System, und die Nikolaiten entwickelten in Übereinstimmung damit erst einmal eine gewisse Praxis („Werke") und bauten diese zu einer „Lehre" aus. Wir sehen dann das Entstehen einer Klasse von „Vätern" (Pater, Priester). Sie beschäftigen sich mit den geistlichen Angelegenheiten, während die anderen für das Weltliche sorgen. Nur die Priester dürfen die Hände auflegen und segnen. Wenn ich in einer bestimmten Angelegenheit Gottes Willen erkennen möchte, kann ich Gott nicht selbst darum bitten, sondern muß dies die Priester für mich tun lassen.

Zur Zeit von „Sardes" verbesserte sich die Situation. Das Priester-System wurde abgeschafft; aber an seine Stelle trat das klerikale System. Im Protestantismus sehen wir die äußerst strikten Staatskirchen, aber auch viele verschiedene Sonderbekenntnisse. Ob es sich nun um die Staatskirchen oder um die kleineren Gruppierungen han-

[1] Anmerkung von WJO: Niemand weiß, wer die Nikolaiten gewesen sind und worin ihre Lehre bestand. Daraus folgerten verschiedene Ausleger, daß ihre geistliche Zuordnung nur aus der Bedeutung ihres Namens erklärt werden kann. Offensichtlich folgt Watchman Nee diesen Gedanken und erklärt die „Nikolaiten" als die Mittler-Priester-Klasse, die sich zwischen Gott und die „Laien" stellt und diese „beherrscht".

delt, überall sehen wir den Unterschied zwischen „Geistlichen“ und „Laien“. In den Großkirchen finden wir eine deutliche klerikale Hierarchie; aber auch die Freikirchen haben sich eine Ordnung gegeben, in der zwischen Pastoren und Predigern einerseits und gewöhnlichen Gläubigen andererseits unterschieden wird. Es ist also einerlei, ob es sich um Priester oder Prediger oder Pastoren handelt, immer geht es eben um das System, das der Herr verworfen hat. Die protestantischen Kirchen stellen nur eine andere Form derselben nikolaitischen Lehre dar, die wir schon in Pergamus finden. Obwohl in den protestantischen Kirchen niemand „Vater“ genannt wird, entsprechen die Prediger und Pastoren doch weitestgehend den (römischen) Priestern. Auch wenn sie ihre Titel ablegten, um sich beispielsweise „Arbeiter“ (des Herrn) zu nennen, würde sich nichts ändern, wenn sie an ihrer bisherigen Stellung festhalten.

Ich habe schon verschiedene Schriftstellen zitiert, um zu zeigen, daß wir alle Priester sind. Aber gerade zu diesem Punkt bestehen vielfach Meinungsunterschiede zwischen Gott und zahlreichen Christen. Wie kann man nur daran festhalten, daß die geistliche Autorität allein in den Händen der Mittlerklasse, also bei den Klerikern liegt, wo doch Gott gesagt hat, daß jeder Gläubige in der Gemeinde zum Priester eingesetzt worden ist? Wie schon gesagt, alle durch das kostbare Blut Erlöste sind Priester. Warum tadelt der Herr Philadelphia nicht, sondern lobt es vielmehr? Ihr erinnert euch, daß der Anfang der sich als Mittler empfindenden Geistlichkeit zuerst in Pergamus offenbar wurde und sich in der römischen Kirche (Thyatira) fest etablierte. Da hat man den Papst, der Herrschaft über die

Menschen ausübt, da kennt man hohe Würdenträger, die ebenfalls regieren. Dazu gibt es im Vatikan die Kurie usw. Der Herr aber hat uns gesagt: „Ihr seid alle Brüder" (Mt. 23,8). Allerdings redet die Bibel auch von Hirten; aber sie kennt kein Hirtensystem.[1] Nebenbei: das Wort „Pastor" ist die lateinische Übersetzung des griechischen Wortes für „Hirte", also für jemanden, der die Herde bewacht. Der Herr hat gesagt, daß es unter uns keine „Meister" geben soll, und daß wir niemanden „Vater" nennen dürfen (Mt. 23,8ff). Die römisch-katholische Kirche aber nennt ihre Aufseher „Pater" („Vater"), und die protestantischen Kirchen kennen auch „Pfarrherren", „Hochwürden" und „Exzellenzen".

Im 19. Jahrhundert fand eine große Erweckung statt, die die geistliche Mittlerklasse abschaffte. Nach Sardes kam es zu einer tiefen Erneuerung: In den Gemeinden hatten sich die Brüder lieb und es gab dort keine Mittlerklasse mehr. Das ist Philadelphia. Um 1825 gab es in Dublin, der Hauptstadt Irlands, einige Gläubige, denen es der Herr ins Herz gegeben hatte, alle Kinder Gottes zu lieben, einerlei, zu welcher Kirchengemeinschaft sie gehörten. Diese Liebe ließ sich nicht durch trennende Kirchenmauern aufhalten. Sie begannen zu begreifen, daß es nach Gottes Wort nur einen Leib Christi gibt, auch wenn er in noch so viele Sekten zerteilt war. Weiter lernten sie aus der Bibel, jenes System als unbiblisch abzulehnen, nach dem die Gemeinden nur von einer Person geleitet werden, die auch noch

[1] Anmerkung von WJO: Watchman Nee meint damit: „Aufseher" werden vom *Herrn* in den Gemeinden eingesetzt (Apg. 20,28), aber nicht von Menschen offiziell ernannt. Menschliche Ernennungen schließen ein von Menschen erdachtes pastorales System, eine „Kirchenordnung", ein.

das alleinige Predigtrecht innehat. So begannen sie, an jedem „Tag des Herrn" zusammenzukommen, um das Brot zu brechen und zu beten. In diesem Jahre 1825 fanden nach einem Jahrtausend katholischer Kirche und einigen hundert Jahren Protestantismus diese Christen zu einer schriftgemäßen freien und geistlichen Anbetung zurück. Anfangs waren es nur zwei Personen, später wurden es vier oder fünf.

In den Augen der Welt machten diese Gläubigen nichts her und blieben unbekannt; aber sie hatten den Herrn in ihrer Mitte und den Trost des Heiligen Geistes. Sie standen auf dem festen Boden zweier deutlicher Wahrheiten: erstens, daß die Gemeinde der Leib Christi ist, und daß es nur einen Leib gibt, und zweitens, daß im Neuen Testament nirgends die Rede von einem klerikalen System ist, und daß die von Menschen vollzogene Ordination der „Diener des Wortes" in der Bibel nicht gelehrt wird. Sie glaubten, daß alle wahren Gläubigen Glieder dieses einen Leibes sind. Sie hießen alle Gläubigen, die in ihre Mitte kamen, unabhängig von deren Kirchenzugehörigkeit, herzlich willkommen. Sie standen allem Sektierertum fern. Sie glaubten, daß alle Gläubigen Priester sind, so daß sie alle freien Zugang zum himmlischen Heiligtum haben. Sie glaubten auch, daß der erhöhte Herr der Gemeinde verschiedene Gaben gegeben hat zur Vollendung der Heiligen und zur Auferbauung des Leibes Christi (Eph. 4,11). So waren sie instand gesetzt, zwei Sünden des klerikalen Systems zu meiden: das Opfern (wie es die Priester bei der Messe tun) und das Bestehen darauf, daß nur Ordinierte das Predigtrecht haben. Durch diese Grundsätze konnten sie alle, die in Christus sind, als ihre Brüder begrüßen und ihr Herz allen Dienern des Wortes öffnen, die der Heilige Geist dazu ausgerüstet hatte.

In jener Zeit gab es in der Anglikanischen Kirche einen Geistlichen mit Namen John Nelson Darby. Dieser war mit dem Zustand seiner Kirche äußerst unzufrieden, weil er glaubte, sie stehe nicht auf biblischer Grundlage. Er traf sich regelmäßig mit den „Brüdern“[1], obwohl er zu der Zeit noch immer Geistlicher der Anglikanischen Kirche war. Er war ein Mann Gottes und von großer geistlicher Kraft und Leidensbereitschaft. Er war auch ein geistlicher Mensch, der Gott und die Bibel kannte und das Fleisch verurteilte. 1827 verließ er offiziell die Anglikanische Kirche, legte seine Amtstracht ab und wurde ein einfacher Bruder, der sich mit den „Brüdern“ versammelte. Anfänglich waren die Erkenntnisse der „Brüder“ nur sehr begrenzt, als aber Darby zu ihnen gestoßen war, ergoß sich das himmlische Licht wie eine Sturzflut auf sie hernieder. In vieler Hinsicht glich das Werk Darbys dem von Wesley, nur ihre Haltung der Anglikanischen Kirche gegenüber war völlig verschieden. Ein Jahrhundert zuvor war Wesley der Meinung, mit gutem Gewissen könne er die Staatskirche nicht verlassen. Hundert Jahre später glaubte Darby, nicht mit gutem Gewissen in der Staatskirche bleiben zu können. Aber in bezug auf Eifer, Hingabe und Treue glichen sie sich sehr.

[1] Anmerkung von WJO: Watchman Nee schreibt gewöhnlich *Brüder*, ohne Anführungszeichen. Daraus wird aber nicht immer deutlich, ob er die Gläubigen im allgemeinen oder die „*Brüder*“ meint. Obwohl die Bezeichnung „Brüder“ (mit Anführungszeichen) genau genommen reines Sektierertum ist, weil sie dadurch von „anderen“ Brüdern unterschieden werden, habe ich mich der Deutlichkeit wegen entschieden, überall dort „Brüder“ zu schreiben, wo unmißverständlich die „Brüderbewegung“ gemeint ist.

Im selben Jahr begann auch J.G. Bellett die Versammlungen zu besuchen. Er war ein ungewöhnlich tief gläubiger und geistlicher Mensch. Diese Art des Zusammenkommens, die einfach nur der Schrift folgte, beeindruckte ihn stark. Er schreibt darüber folgendes:

„Ein Bruder hat mir soeben erklärt, er halte es für biblisch, daß Gläubige, wenn sie als Jünger Christi zusammenkommen, das Recht haben, das Brot zu brechen, wie es ihr Herr ihnen aufgetragen hat. Und wenn die Handlungsweise der Apostel eine Richtschnur darstellt, sollte jeder ‚Tag des Herrn' dazu abgesondert werden, um auf diese Weise des Todes des Herrn zu gedenken und dem Auftrag bei Seinem Abschied zu gehorchen."

Ein anderesmal schrieb Bellett:

„Als ich eines Tages mit einem Bruder durch die Pembrokestraße in Dublin ging, sagte er zu mir: ‚Ohne Zweifel ist es Gottes Absicht mit uns, daß wir in aller Einfalt als Jünger zusammenkommen, ohne etwas von einer Kanzel oder von amtlichen Dienern zu erwarten. Wir sollen vielmehr darauf vertrauen, daß Gott uns gemeinsam erbauen und uns aus unserer eigenen Mitte heraus nach Seinem Wohlgefallen dienen will.' In dem Augenblick, als er diese Worte sprach, war ich sicher, daß meine Seele die richtigen Gedanken gefaßt hatte. Es ist mir, als sei es gestern geschehen und auch den Ort könnte ich noch zeigen. Es war der Geburtstag meines Denkens als „Bruder", wenn ich das so sagen darf."

So tasteten sich die Brüder allmählich voran, empfingen

dementsprechend immer weitere Offenbarungen und sahen das Licht klarer und klarer.

Ein Jahr später veröffentlichte Darby ein kleines Buch mit dem Titel: *The Nature and Unity of the Church of Christ* (Das Wesen und die Einheit der Kirche Christi). Dies war das erste von Tausenden von Büchern, die von den „Brüdern" veröffentlicht wurden. In dieser Schrift erklärte Darby klar und deutlich, daß die „Brüder" nicht beabsichtigten, eine neue Religionsgemeinschaft oder eine neue Kirchenvereinigung zu gründen. Er schrieb:

„Zuallererst: Wir suchen keine formelle Einheit von bekennenden Religionsgemeinschaften. Es ist in der Tat erstaunlich, daß rechtschaffene Protestanten sich so etwas vornehmen könnten. Weit davon entfernt, etwas Gutes drangeben zu wollen, glaube ich, daß es unmöglich ist, eine solche Vereinigung überhaupt als die Gemeinde Gottes anerkennen zu können. Sie wäre nur der Widerpart zu der römischen Einheit. Wir würden dadurch das Leben der Gemeinde und die Kraft des Wortes verlieren ... Wahre Einheit ist die Einheit des Geistes, und die kann nur durch die Wirksamkeit des Geistes entstehen ... Keine Vereinigung, die nicht darauf gerichtet ist, alle Kinder Gottes auf der Grundlage des Reiches des Sohnes (Kol. 1,13) zu umfassen, kann die Fülle des Segens empfangen, weil sie dies nicht einmal in Erwägung zieht – weil ihr Glaube nicht soweit geht, diesen Segen wertzuschätzen ... Da, wo zwei oder drei zu Seinem Namen hin versammelt sind, da wird von Seinem Namen gesagt, daß dieser dort zum Segen ist ...

Die Einheit ist die Herrlichkeit der Gemeinde. Eine Einheit

aber, die dazu dient, unsere eigenen Belange zu sichern und zu fördern, ist nicht die Einheit der Gemeinde, sondern nur ein Zusammenschluß, mit dem man das Wesen und die Hoffnung der Gemeinde verleugnet. Einheit, die Einheit der Gemeinde, ist die Einheit des Geistes und kann nur in geistlichen Dingen bestehen. Sie kann also nur in geistlichen Menschen zur Vollendung gebracht werden.

Aber was müssen die Kinder Gottes nun tun? Laßt sie auf den Herrn warten, laßt sie warten auf die Unterweisungen des Geistes, damit sie dem Sohne gleichgestaltet werden (Röm. 8,29) durch das geistgewirkte Leben. Laßt sie ihren Weg in den Fußstapfen der Herde gehen, wenn sie wissen wollen, wo der Gute Hirte Seine Schafe zum Mittag weiden läßt (Hl. 1,7)."

An anderer Stelle sagt Darby:

„Weil unser Tisch nicht unser Tisch, sondern der Tisch des Herrn ist, nehmen wir alle auf, die Gott aufnimmt, alle armen Sünder, die ihre Zuflucht zu dem Herrn genommen haben, die nicht auf sich, sondern allein auf Christus vertrauen."

Es war um dieselbe Zeit, als Gott auch in Britisch Guyana und in Italien wirkte, wo ähnliche Versammlungen entstanden. Seit 1829 gab es auch in Arabien Versammlungen. 1830 gab es in England außer in London auch in Plymouth und Bristol Versammlungen. Später entstanden an vielen Orten in Amerika und auch auf dem europäischen Festland zahlreiche Versammlungen. Nicht lange danach kamen beinahe an jedem Ort solche, die den Herrn liebhatten, auf gleiche Weise zusammen.

Ein auffälliges Kennzeichen dieser „Brüder" war, daß Adelige ihre Titel fallen ließen, daß solche, die hohe Stellungen innehatten, davon absahen, und daß akademische Titel nicht erwähnt wurden. Man achtete nicht auf Rang und Namen, sondern alle waren innerhalb der Gemeinde gewöhnliche Jünger Christi und Brüder untereinander. So, wie man in der katholischen Kirche gewöhnlich von Patern und in der evangelischen Kirche von Pastoren spricht, so wurde in ihrer Mitte die Anrede „Bruder" üblich. Der Herr hatte sie an sich gezogen, und darum kamen sie zusammen. Und weil sie den Herrn liebten, hatten sie sich selbstverständlich auch lieb.

In den folgenden Jahrzehnten hat Gott der Kirche durch diese „Brüder" viele Gaben gegeben. Neben J.N. Darby und J.G. Bellett sehen wir, wie Gott auch spezielle Gaben an die „Brüder" austeilte, so daß den Bedürfnissen der Kirche entsprochen werden konnte. Georg Müller, der ein Waisenhaus gründete, zeigte aufs neue die Bedeutung des gläubigen Gebetes. Während seines Lebens wurden seine Gebete 1 500 000 mal erhört. C.H. Mackintosh, der den Kommentar zu den fünf Büchern Mose schrieb, erneuerte das Wissen um die biblischen Symbole oder Typen. D.L. Moody[1] sagte, daß wenn alle Bücher verbrannt wären, er zufrieden sei, wenn er nur die Bibel und einen Satz der Pentateuch-Betrachtungen von Mackintosh behalten

[1] Anmerkung von WJO: Ein großer amerikanischer Erweckungsprediger des vorigen Jahrhunderts.

könnte. James G. Deck gab uns viele gute Lieder. George Cutting wies besonders wieder auf die Sicherheit der Errettung hin. Seine Schrift: *Gewißheit, Sicherheit und Genuß* ist bis 1930 30 Millionen Mal gedruckt worden. Nach der Bibel ist sie das meistverkaufte Buch. William Kelly schrieb viele Erklärungen zu Bibelbüchern. Er wurde von C.H. Spurgeon[1] als einer beschrieben, dessen Geist so groß wie das Universum sei. F.W. Grant war der größte Bibelkenner des 19. und 20. Jahrhunderts. Robert Anderson ist der beste Kenner des Buches Daniel der Neuzeit. Charles Stanley verstand es am besten, die Menschen zur Errettung zu führen, indem er die Gerechtigkeit Gottes verkündete. S.P. Tregelles war der bekannte Sprachgelehrte auf dem Gebiet des Neuen Testaments. *Die Geschichte der christlichen Kirche* von Andrew Miller ist das am besten biblisch fundierte unter allen kirchengeschichtlichen Werken. R.C. Chapman wurde gewaltig durch den Herrn gebraucht. Dies waren die „Brüder" aus jener Zeit. Wenn wir außer diesen all die anderen „Brüder" gesondert erwähnen wollten, die durch den Herrn in besonderer Weise gesegnet worden sind, so würde ihre Zahl die Tausend wohl überschreiten.

Wir wollen nun betrachten, was diese „Brüder" uns geschenkt haben. Sie ließen uns sehen,

- daß das Blut des Herrn der Gerechtigkeit Gottes völlig Genüge getan hat,
- was die Gewißheit der Errettung tatsächlich für uns bedeutet,

[1] Anmerkung von WJO: Ein großer englischer Erweckungsprediger des vorigen Jahrhunderts (1834 – 1892).

- wie der schwächste Gläubige in Christus angenommen ist,
- wie wir dem Worte Gottes als der Grundlage unseres Bekenntnisses vertrauen können.

Seit dem Beginn der Kirchengeschichte hat es keine Zeit gegeben, in der das Licht des Evangeliums heller geschienen hat als in der Zeit der „Brüder". Überdies waren sie es, die uns zeigten, daß die Kirche nicht die ganze Welt erobern kann, daß sie eine himmlische Berufung und keine irdische Hoffnung hat. Sie waren es, die auch zum erstenmal die Prophetien erschlossen und uns zeigten, daß die Wiederkunft des Herrn die Hoffnung der Kirche ist. Sie waren es, die uns die Offenbarung und das Buch Daniel entschlüsselten und uns das Reich, die große Drangsal, die Entrückung der Kirche und die Braut des Lammes sehen ließen. Ohne sie würden wir heute nur einen kleinen Teil der zukünftigen Dinge wissen. Sie waren es auch, die uns das Gesetz der Sünde erkennen ließen und was es bedeutet, freigemacht zu sein, was es heißt, mit Christus gekreuzigt und auferweckt worden zu sein, wie wir durch den Glauben mit dem Herrn eins geworden sind und wie wir täglich erneuert werden, indem wir auf Ihn blicken. Sie waren es, die uns die Sünde der kirchlichen Zersplitterung, die Einheit des Leibes Christi und die Einheit des Heiligen Geistes sehen ließen. Sie waren es, die uns den Unterschied zwischen dem Judentum und der Kirche erkennen ließen. In der römisch-katholischen wie auch in der protestantischen Kirche war dieser Unterschied nicht deutlich erkennbar, sie aber brachten ihn wieder ans Licht. Sie waren es auch, die uns die Sünde der als Mittler auftretenden Geistlichkeit zeigten, und daß alle Kinder Gottes Priester sind und Gott unmittelbar dienen können. Sie waren es, die neues Licht in die Grundsätze des Zusammenkommens brachten, indem sie uns aus 1. Korinther 14 zeigten, daß das Weissagen nicht einem Mann vorbehalten ist, sondern zweien oder dreien (Vers 29), und das nicht aufgrund menschlicher Anstellung, sondern durch den Heiligen Geist. Wenn wir eins nach dem anderen aufzählen sollten, was wir ihnen zu verdanken haben, so könnten wir lieber gleich sagen, daß es in den heutigen treuen protestantischen Kirchen keine einzige Wahrheit gibt, die sie nicht, zumindest aber deutlicher, ans Licht gebracht hätten.

Da verwundert es nicht, wenn D.M. Panton sagte: „Die „Brüderbewegung“ und ihre Bedeutung ist viel größer als die Reformation.“ Thomas Griffith sagte: „Unter den Kindern Gottes waren sie es, die das Wort der Wahrheit am besten auslegen konnten.“ Henry Ironside sagte: „Alle, die Gott kennen, haben direkt oder indirekt von den „Brüdern“ Hilfe erfahren. Sie mögen die „Brüder“ kennen oder nicht.“

Diese Bewegung war von größerer Bedeutung als die Reformation. An dieser Stelle möchte ich gern sagen, daß das Werk von Philadelphia größer als das Werk der Reformation ist. Philadelphia gibt uns die Dinge, die uns die Reformation nicht gegeben hat. Wir danken dem Herrn, daß Er die Frage nach der Kirche durch die „Brüder“ gelöst hat. Die Stellung der Kinder Gottes ist beinahe wiederhergestellt. Darum darf man sagen, daß diese Bewegung sowohl quantitativ (mengenmäßig) als auch qualitativ (was den Wert angeht) größer als die Reformation ist. Trotzdem müssen wir feststellen, daß die „Brüderbewegung" nicht so berühmt wie die Reformation geworden ist. Die Reformation wurde mit Schwert und Spieß ausgebreitet, die „Brüderbewegung" aber durch die Predigt. Für die Sache der Reformation verloren während der europäischen Kriege viele Menschen ihr Leben. Ein anderer Grund für die Berühmtheit der Reformation ist ihre Verbindung mit den politischen Entwicklungen. Viele Völker konnten sich durch die Reformation auf politische Weise vom römischen Joch befreien. Was aber nicht mit den politischen Ereignissen verknüpft ist, wird von vielen Menschen gar nicht wahrgenommen. Weiter unterscheiden die „Brüder" zwei Dinge: Das eine nennen sie die organisierte Welt, die Welt in geistlicher Hinsicht, und das andere ist die Welt des Christentums. Sie stellen sich nicht nur außerhalb der Welt als geistlichem Herrschaftsbereich, sondern zugleich auch außerhalb der Welt der Christenheit, die durch die protestantischen Kirchen dargestellt wird.[1] Das ist der Grund, weshalb sie auch bei den Protestanten nicht bekannt wurden. Sie ließen nicht nur die sündige Welt, sondern auch die Welt des Christentums hinter sich zurück.

Seit es sie gab, weiß man wieder, was die Kirche ist: der Leib Christi, und daß die Kinder Gottes *eine* Kirche bilden,

[1] Anmerkung von WJO: Watchman Nee meint damit natürlich nicht, daß sich die „Brüder" von der Welt als dem gesellschaftlichen Miteinander der Menschen abgesondert hätten. Sie heiraten, gründen Familien, besuchen Schulen, üben Berufe aus usw. Aber sie haben sich von der Welt als dem bösen Reich Satans getrennt. Sie sondern sich auch nicht buchstäblich von der christlichen Welt ab; denn dann hätten sie aufgehört, Christen zu sein. Aber sie sondern sich innerhalb der Christenheit wohl von dem Reich Satans ab, wo es sich leider auch unter (Namens)christen zeigt.

die nicht zertrennt sein darf.[1] Sie legten den Nachdruck auf das Nur-Bruder-Sein und auf die wahre Liebe untereinander. Der Herr Jesus hatte gesagt, es werde eine Gemeinde erscheinen, die den Namen „Philadelphia" trägt.

Sehen wir nun in das Buch der Offenbarung: *„... der Versammlung in Philadelphia schreibe ..."* (3,7). Philadelphia bedeutet „Bruderliebe". Warum lobt der Herr Philadelphia? Er sagt, daß sie „Bruderliebe" ist. Das Mittlersystem ist also völlig beseitigt.[2]

In Christus gibt es weder Mann noch Frau. In der Kirche gibt es auch keine Sklaven oder Freie. Der Herr (in weltlicher Hinsicht) empfängt keine höhere Art des Lebens als ein Sklave. Einmal sagte mir ein Bruder: „Die Versammlungslokale sehen meistens schlecht aus. Am besten wäre es, für die Regierungsbeamten ein besonderes Lokal zu bauen." Ich antwortete ihm: „Und was willst du dann auf das Türschild schreiben?" Das wäre doch nicht die Kirche Christi, sondern eine Gemeinde von Amtsträgern und vornehmen Leuten. Wenn wir als Gemeinde zusammenkommen, geht es nicht mehr um Rang und Namen. In der Kirche sind wir alle nur Brüder. Wenn der Herr dir die

---

[1] Anmerkung von WJO: Watchman Nee meint hier: Sie bekennen das nicht nur mit dem Mund – denn das tun in gewisser Weise alle bibeltreuen Christen – sondern sie setzen es in die Praxis um, indem sie zwar aller Sünde in Leben und Lehre wehren, andererseits aber alle wahren Christen zum Abendmahl zulassen, ohne sie sektiererischen Forderungen zu unterwerfen. Im folgenden wird der Autor das auch selbst noch verdeutlichen.

[2] Anmerkung von WJO: Der Zusammenhang, den Watchman Nee sieht, ist folgender: Eine Mittlerklasse, also eine „Geistlichkeit", die sich über die „Laien" erhebt, steht im Widerspruch zur Bruderliebe (Philadelphia), also mit dem Bruder-unter-Brüdernsein. Die Bruderliebe beinhaltet, daß es nur einen Meister gibt, Christus, und daß alle Gläubigen gegeneinander nur Brüder sind (Mt. 23,8), und daß sich niemand von ihnen über die Brüder stellt, als sei er ein „Meister" oder „Herr".

Augen geöffnet hat, siehst du, daß es in der Welt als Ehre gilt, obenan zu sitzen; aber in der Kirche gibt es derlei Unterschiede nicht. Paulus sagt: „Da ist nicht Jude noch Grieche, da ist nicht Sklave noch Freier, da ist nicht Mann noch Weib; denn ihr seid alle *einer* in Christo Jesu" (Gal. 3,28). Die Kirche besteht nicht aus Oben und Unten, sondern aus Bruderliebe.

Hier bei dem Schreiben an Philadelphia offenbart sich der Herr auf folgende Weise: „Dieses sagt der Heilige, der Wahrhaftige, der den Schlüssel des David hat, der da öffnet, und niemand wird schließen, und schließt, und niemand wird öffnen" (Vers 7). Sein Leben ist Heiligkeit. Er selbst ist Heiligkeit. Er ist die göttliche Wahrheit. Er ist Gottes Wirklichkeit. Gottes Wirklichkeit liegt in Christus beschlossen. In Seiner Hand sind die Schlüssel. Hier möchte ich noch auf einen bestimmten Punkt hinweisen: Als Sardes für den Herrn zeugte, standen ihr die weltlichen Herrscher bei. Jahrzehntelang wurde auf dem Festland und später auch in England gekämpft. Und wie war es mit der „Brüderbewegung"? Da war keine weltliche Macht, die ihr den Rücken gestärkt hätte. Was konnten sie dann machen? Der Herr sagte ihnen, Er habe den Schlüssel Davids, was auf Autorität hinweist (David hatte als König Autorität über Israel). Hier handelt es sich nicht um die Gewalt der Waffen, noch um öffentliches Bekanntsein, sondern um das Öffnen einer Tür. Ein englischer Zeitungsredakteur sagte einmal: „Ich hatte nie gedacht, daß es so viele „Brüder" gibt und daß ihre Zahl so schnell wachsen konnte." Wenn man rings um den Erdball reist, wird man überall viele „Brüder" finden, wenn auch bei einigen die Erkenntnis tiefer und bei anderen oberflächlicher ist, so blieb ihre Stellung als „Brüder" doch stets dieselbe. Wenn wir das so sehen, müssen wir dem Herrn danken. Er ist derjenige, „der da öffnet, und niemand wird schließen, und schließt, und niemand wird öffnen".

„Ich kenne deine Werke ...; denn du hast eine kleine Kraft." Hier angekommen, wenden sich unsere Gedanken wie von selbst zu der Zeit der Rückkehr unter Serubbabel; denn der Prophet Sacharja sagte: „Denn wer verachtet den Tag kleiner Dinge?" (Sach. 4,10). Verachtet nicht den Tag kleiner Dinge; denn er ist der Tag des Wiederaufbaus des Tempels. In der Schrift ist der Tempel ein bedeutendes Bild von der Kirche (1. Kor. 3,16; 2. Kor. 6,16; Eph. 2,21). Als David König war, bestand Einheit unter dem Volk Gottes. Später wurde es in die Reiche Juda und Israel zerteilt. Die Kinder Gottes begannen zertrennt zu sein und gleichzeitig begannen Abgötterei und Hurerei. Als Folge davon wurden sie in die Babylonische Gefangenschaft geführt. Im allgemeinen hält man die Babylonische Gefangenschaft für dasselbe Bild wie Thyatira: die katholische Kirche.[1] Weil nun die Bibel aus Babylon ein Bild Roms macht, kennt die Kirche auch die Babylonische Gefangenschaft. Was tat das Volk, als es aus der Gefangenschaft zurückkehrte? Es kehrte in großer Schwachheit zurück,

[1] Anmerkung von WJO: Watchman Nee meint: So wie Thyatira in Offenbarung 2 mit der katholischen Kirche übereinstimmt, so gilt das auch für das „große Babylon" in Offenbarung 17 und 18. Die Zeit der „Babylonischen Gefangenschaft der Kirche" ist danach die Zeit, in der sich die treuen Gläubigen noch notgedrungen innerhalb der katholischen (oder griechisch-orthodoxen) Kirche aufhalten mußten, also vor der Reformation. Der Protestantismus ist wohl aus Babylon ausgezogen; aber – um in der Bildersprache Watchman Nees zu reden – nie im „gelobten Land" angekommen: Er kennt den Altar nicht (den Tisch des Herrn – 1. Kor. 10,18-21; Mal. 1,7 und 12), und auch nicht die Bedeutung der Kirche als „Tempel Gottes" (1. Kor. 3,16; 2. Kor. 6,16; Eph. 2,20-22; vgl. Esra 3).

eine Gruppe nach der anderen, und richtete den Tempel wieder auf. Es ist, als seien sie ein Bild der „Brüderbewegung". Viele ältere Juden gab es, die den vorigen Tempel noch gekannt hatten. Nun sahen sie mit ihren eigenen Augen, wie das Fundament des neuen gelegt wurde, und sie weinten mit lauter Stimme, weil der neue Tempel weit hinter der Herrlichkeit des Salomonischen Tempels zurückblieb. Aber Gott sprach durch den Propheten: „Verachtet nicht den Tag kleiner Dinge; denn dies ist der Tag der Wiederherstellung." Das Zeugnis der Kirche in der Welt ist im Vergleich zu ihrem Zeugnis am Anfang der Apostelgeschichte allerdings nur „der Tag kleiner Dinge".

„... und hast mein Wort bewahrt und hast meinen Namen nicht verleugnet." Der Herr lobt sie wegen zweier Dinge: Sie haben den Namen des Herrn nicht verleugnet und das Wort des Herrn bewahrt. Nie in der Kirchengeschichte hat es Männer gegeben, die das Wort Gottes so gut kannten wie die „Brüder". Das Licht kam über sie, wie das Herabstürzen eines gewaltigen Regens. Als ich eines Abends in Shanghai einen Bruder traf, erzählte er mir, er sei Schiffskoch. Ich habe mich lange mit ihm unterhalten. Und ich fürchte, daß es nur wenige Missionare gibt, die besser in Gottes Wort Bescheid wissen als er. In der Tat ist das eine der vortrefflichsten Eigenschaften der „Brüder": Sie kennen das Wort Gottes. Selbst die Einfältigsten unter ihnen wissen besser Bescheid als viele Missionare.

Der Herr sagt: *„... und hast meinen Namen nicht verleugnet."* Von 1825 an sagten die „Brüder", daß sie sich nur noch „Christen" nennen lassen konnten. Wenn man sie fragt, wer sie sind, werden sie antworten: „Ich bin ein Christ.“ Wenn man jemanden aus der Methodistenkirche fragt, wer er sei, so wird er antworten: „Ich bin ein Methodist.“ Wenn man einen Quäker fragt, wird er antworten: „Ich bin ein Quäker.“ Ein Lutheraner wird antworten: „Ich bin lutherisch.“ Jemand aus der Baptistengemeinde wird sagen: „Ich bin ein Baptist.“[1] Neben dem Namen Christi braucht man noch viele andere Namen, nach denen man sich nennt. Aber Gottes Kinder haben nur einen Namen, nach dem sie heißen. Der Herr Jesus spricht vom „Bitten in meinem Namen“ (Joh. 14,13; 16,23) und vom Versammeltsein „in meinem Namen“ (Mt. 18,20). Wir dürfen nur den Namen des Herrn tragen. Whitefield sagte: „Laßt uns alle anderen Namen aufgeben, laßt uns nur den Namen Christi großmachen!“ Diese „Brüder“ standen auf, um gerade dies zu tun. Die Prophetie des Herrn sagt dasselbe: daß sie den Namen des Herrn ehren. Der Name des Herrn steht bei ihnen im Mittelpunkt. Sie hören diesen Namen oft in ihrer Mitte. Reicht der Name Christi nicht aus, um uns von dieser Welt abzusondern? Genügt es nicht, einfach den Namen des Herrn zu tragen?

Einmal traf ich im Zug einen Gläubigen, der mich fragte, was für ein Christ ich sei. Ich antwortete ihm, ich sei ein ganz gewöhnlicher Christ. Er erwiderte: „Solche Christen

---

[1] Anmerkung von WJO: In der Praxis wird ein „Bruder“ aus Deutschland manchmal sagen: „Ich gehöre zu der Christlichen Versammlung“, um damit komplizierten Gesprächen auszuweichen. Aber er sagt das immer mit einem schlechten Gewissen. Und wenn er das sagt, meint er streng genommen immer die christliche Gemeinschaft, wie sie im Niederländischen Glaubensbekenntnis umschrieben ist: „Die Kirche als *Ganzes*, die Gemeinde der wahren Christgläubigen.“ Eine andere Kirche Gottes kennen wir nicht. Die eine oder andere „Christliche Versammlung“ ist nichts, die Kirche Gottes ist alles.

gibt es nicht auf der Welt. Zu sagen, du seiest ein Christ, bedeutet gar nichts; du mußt sagen, wozu du gehörst. Das allein zählt." Ich antwortete: „Ich bin nichts als ein schlichter Christ. Meinst du wirklich, es habe nichts zu bedeuten, wenn jemand Christ ist? Welcher Art Christen gelten denn bei dir etwas? Ich für meine Person kann nichts als ein Christ sein, nichts darüber hinaus." An dem Tag hatten wir ein gutes Gespräch.

Was ich euch gerne deutlich machen möchte, ist dies: Viele Menschen meinen in ihren Herzen, der Name des Herrn allein reiche nicht aus. Viele Menschen halten den Namen einer Glaubensgemeinschaft für notwendig, sie meinen, neben dem Namen Christi noch einen anderen Namen tragen zu müssen. Brüder, denkt nicht, daß unsere Meinung zu entschieden ist. Der Herr sagt hier: *„... und hast meinen Namen nicht verleugnet."* Wenn ich es richtig verstanden habe, sind alle anderen Namen eine Schande für unseren Herren. Das Wort „verleugnet" ist dasselbe, das gebraucht wird, wenn Petrus den Herrn verleugnet. Was für ein Christ bin ich? Ich bin ein Christ. Ich will keinen anderen Namen tragen. Viele wollen dem Namen Christi keine Ehre erweisen und sind nicht bereit, einfach „Christ" zu heißen. Aber Gott sei Dank fand die Prophetie über Philadelphia in den „Brüdern" ihre Erfüllung. Sie tragen keine anderen, unterscheidenden Namen mehr. Sie sind „Brüder" und nicht „Die Kirche der Brüder".

„Siehe, ich habe eine geöffnete Tür vor dir gegeben, die niemand zu schließen vermag." Der Herr spricht über die Gemeinde in Philadelphia über die geöffnete Tür. Man sagt häufig, daß wenn man in Übereinstimmung mit der Schrift lebt,

die Tür schnell zugeschlagen wird. Das größte Hindernis, das bei der Unterwerfung unter den Herrn überwunden werden muß, ist das Schließen der Tür. Aber hier finden wir gerade diese Verheißung: *„Siehe, ich habe eine geöffnete Tür vor dir gegeben, die niemand zu schließen vermag."* In bezug auf die „Brüder" ist das eine Tatsache. In der ganzen Welt hat keine Gruppe von Menschen ähnlich viel Gelegenheit gehabt, sowohl die Schrift auszulegen, wie auch das Evangelium zu verkünden. Ob es sich nun um Europa oder Amerika oder Afrika handelt, immer war es das gleiche. Sie brauchten keine menschliche Unterstützung, Öffentlichkeitsarbeit, Propaganda oder Beiträge. Sie haben immer noch viele Gelegenheiten, das Werk zu tun und die Tür für das Werk ist noch immer offen.

„Siehe, ich gebe aus der Synagoge des Satans von denen, welche sagen, sie seien Juden, und sind es nicht, sondern lügen; siehe, ich werde sie zwingen, daß sie kommen und sich niederwerfen vor deinen Füßen und erkennen, daß ich dich geliebt habe." Es waren mindestens vier Dinge, die das Christentum dazu brachten, judaistisch zu werden: Die Mittlerklasse der Priester, die Gesetzlichkeit, der materielle Tempel und die irdischen Verheißungen. Was sagt der Herr? *„Ich werde sie zwingen, daß sie kommen und sich niederwerfen zu deinen Füßen."* Der Judaismus ist durch die Hände der „Brüder" zerstört worden. Überall in der Welt finden wir diese Bewegung, und wo sie auftritt, muß der Judaismus weichen. Bei denen, die Gott wirklich kennen, gehört die Macht des Judaismus grundsätzlich der Vergangenheit an.

„Weil du das Wort meines Ausharrens bewahrt hast ..." Dieser

Satz steht im Zusammenhang mit dem Wort „Mitgenosse in der Drangsal und dem Königtum und dem Ausharren in Jesu" aus Kapitel 1. „Ausharren" wird hier als selbständiges Hauptwort gebraucht. Heute ist der Tag des Ausharrens Christi, Seiner Geduld mit uns.[1]

Gegenwärtig trifft der Herr viele, die Ihn verachten; aber Er ist geduldig. Eines Tages wird das Gericht kommen, aber jetzt ist der Herr noch geduldig. Sein Wort für heute ist ein Wort der Geduld und des Ausharrens. Hier steht Er in geringem Ansehen, ist ein niedriger Mensch, immer noch ein Nazarener und der Sohn eines Zimmermanns. Wenn wir dem Herrn folgen, sagt Er: „Bewahrt das Wort meines Ausharrens!"

„... werde auch ich dich bewahren vor der Stunde der Versuchung, die über den ganzen Erdkreis kommen wird." Wir können Chongqing (eine Stadt im chinesischen Roten Becken) als Beispiel nehmen. Wenn ich sagte, ich will euch vor der Bombardierung bewahren, so heißt das, ihr würdet euch weiterhin in Chongqing befinden, aber ihr solltet vor den Bomben verschont werden. Wenn ich aber sagte, ich will euch vor der Stunde der Bombardierung bewahren, so bedeutet das, ihr wäret genau vorher nach Qingdao (am Gelben Meer) gezogen. Wenn die ganze Erde versucht wird (und wir wissen alle, daß sich dies auf die „Große Drangsal" bezieht), dann werdet ihr diese Drangsal nicht

---

[1] Anmerkung von WJO: Im Englischen heißt *patience* sowohl „Ausharren" wie „Geduld". Andere Übersetzer lesen „meines Ausharrens" in dem Sinn, daß Christus ausharrend nach dem Tag Seiner Wiederkunft ausschaut, oder sie lesen: „Mein Wort des Ausharrens", das heißt: Mein Wort an euch, auf daß ihr ausharrend auf meine Wiederkehr wartet.

mitmachen. Bevor diese Stunde anbricht, werden wir alle entrückt sein. In der ganzen Bibel gibt es nur zwei Stellen, die von der Verheißung der Entrückung sprechen, nämlich Lukas 21,36 und Offenbarung 3,10.[1] Heute müssen wir dem Herrn folgen und nicht ermüden. Wir müssen lernen, in den Spuren Philadelphias zu wandeln und den Herrn zu bitten, uns vor allen zukünftigen Versuchungen zu bewahren.

„Ich komme bald; halte fest, was du hast, auf daß niemand deine Krone nehme." Der Herr sagt: „Ich komme bald", woraus zu sehen ist, daß diese Gemeinde bis zum Kommen des Herrn bestehen bleiben wird. Thyatira und Sardes bestehen noch und Philadelphia ebenfalls. „Halte fest, was du hast", nämlich „mein Wort" und „meinen Namen". Wir dürfen das Wort des Herrn nicht vernachlässigen und Seinem Namen keine Schande machen. „... auf daß niemand deine Krone nehme." Jeder in Philadelphia besitzt die Krone schon. In den anderen Gemeinden geht es darum, die Krone zu empfangen; hier handelt es sich darum, sie nicht zu verlieren. Der Herr sagt, daß jeder von ihnen die Krone schon besaß. In der ganzen Bibel gab es nur eine Person, die wußte, daß sie schon eine Krone besaß, nämlich Paulus (2. Tim. 4,8). So weiß auch unter den Gemeinden nur Philadelphia, daß sie die Krone besitzt. Laßt daher niemand eure Krone wegnehmen: Geht nicht fort aus Philadelphia und verlaßt eure Stellung nicht. Hier steht: „Halte fest, was du hast, auf daß niemand deine Krone nehme!"

[1] Anmerkung von WJO: Das würde ihm kein „Bruder" nachsprechen! Einerseits kenne ich keine „Brüder", die in Lukas 21,36 die Entrückung der Kirche sehen, andererseits meinen die „Brüder" die Entrückung viel deutlicher zu finden in Joh. 14,1-3; 1. Kor. 15,51-54; 1. Thes. 4,13-18.

Laßt uns also deutlich erkennen, daß auch Philadelphia in speziellen Gefahren steht, sonst hätte der Herr diese Warnungen nicht ausgesprochen. Dazu ist diese Gefahr sehr real; darum gibt der Herr der Gemeinde auch einen solchen ernsten Auftrag. Was beinhaltet diese Gefahr? Die Gefahr für sie bestand darin, zu verlieren, was sie besaß. Darum fordert der Herr sie auf, festzuhalten, was sie hat. Ihre Gefahr ist nicht der Mangel an Wachstum, sondern die des Zurückfallens. Der Grund, weshalb sie dem Herrn wohlgefällt, ist ihre Liebe untereinander und ihre Treue zu dem Wort und dem Namen des Herrn. Ihre Gefahr lag darin, diese Liebe und Treue zu verlieren. Wie schrecklich! Aber in Wirklichkeit ist es genau dies, was eintrat. Nach zwanzig Jahren kam es auch unter den „Brüdern" zu einer Trennung. Sie wurden in zwei Gruppen geteilt: die „Geschlossenen Brüder" und die „Offenen Brüder" und innerhalb dieser beiden Gruppen gibt es viele Sekten. Darum ertönt auch in Philadelphia der Aufruf an die Überwinder.[1]

Was ist die Ursache dieser Schwierigkeit? Hier müssen wir ganz vorsichtig und bescheiden sein, sonst würden wir in denselben Fehler fallen. Ich denke, daß sich jede Form von Trennungen auf einen Mangel an Liebe zurückführen läßt. Wenn die Liebe fehlt, oder es daran mangelt, verfällt man schnell in Gesetzlichkeit. Man legt Wert auf bestimmte Verhaltensmuster, und man betreibt Haarspalterei, um Fehler bei anderen auszumachen. Wenn die Liebe ver-

[1] Anmerkung von WJO: Zur Verdeutlichung: In jedem Sendschreiben in Offenbarung 2 und 3 sind die „Überwinder" diejenigen, die die spezielle Gefahr, der die jeweilige Gemeinde ausgesetzt ist oder in der sie tatsächlich schon zuschanden wurde, zu vermeiden oder zu überwinden wußten. Später geht Watchman Nee näher darauf ein.

dorrt, wird man auch stolz auf sich selbst und neidisch auf andere, und das führt dann zu Zwiespalt und Streit. Der Heilige Geist ist die Kraft, die die Einheit aufrecht erhält, während das Fleisch die Kraft ist, durch die Trennungen entstehen. Wenn das Fleisch nicht im Tode bleibt, werden sich früher oder später Trennungen auftun.

Ferner glaube ich, daß der große Mangel der „Brüder" in jener Zeit darin bestand, daß sie den *Grundsatz der örtlichen Begrenzung der Gemeinde nicht sahen.* Sie hatten deutlich das Negative, die Sünden der Kirche gesehen; aber das Positive, wie man sich in der Gemeinde liebhaben und gleichgesinnt sein muß auf der Grundlage und in den Grenzen der örtlichen Gemeinde, das hatten sie nicht ausreichend erkannt. Die römisch-katholische Kirche legte den Nachdruck auf die Einheit einer vereinigten Kirche hier auf Erden, während die „Brüder" den Nachdruck auf die ideelle Einheit einer geistlichen Kirche im Himmel legten. Sie hatten nicht, oder nicht genügend deutlich verstanden, daß es bei der in den apostolischen Briefen erwähnten gegenseitigen Liebe stets um die gegenseitige Liebe in der örtlichen Gemeinde geht. Wenn davon geredet wird, eines Sinnes zu sein, geht es immer um die örtliche Gemeinde; das innige Aneinander-festhalten bezieht sich auf die örtliche Gemeinde; die Auferbauung ist die der örtlichen Gemeinde; und selbst der Ausschluß ist immer Sache der örtlichen Gemeinde. Auf jeden Fall sprechen nur zwei Gruppen über kirchliche Einheit: die römisch-katholische Kirche spricht über die Einheit aller Kirchen auf Erden, während die „Brüder" über eine geistliche Einheit im Himmel reden. Die Folge davon ist, daß im ersten Fall nur von einer Einheit im äußeren Erscheinungsbild die Rede sein kann, während im anderen Fall nur von einer ideellen Einheit gesprochen werden kann, die in Wirklichkeit zu Spaltungen führt. Beide haben sie die Einheit, von der die Bibel spricht, die der örtlichen Gemeinde, nicht begriffen.[1]

Weil die „Brüder" nicht ausreichend die Tatsache bedachten, daß die Kirche (auf Erden) ortsgebunden ist, forderten die „Geschlossenen Brüder" einheitliches Handeln und zwar überall in der Welt. Dadurch wurde die Ortsgebundenheit durchbrochen, und sie verfielen in den Fehler, eine Einheitskirche zu gründen.[2] Die „Offenen Brüder" dagegen bestanden auf der unabhängigen Leitung jeder Versammlung, was zur Folge hatte, daß sich in vielen Städten und Dörfern mehrere Versammlungen befinden. So verfie-

---

[1] Anmerkung von WJO: Zur Ergänzung: Die „Brüder" haben nicht nur eine ideelle Einheit der Kirche im Himmel gelehrt, sondern auch die Einheit aller Gläubigen, die zu einem bestimmten Zeitpunkt die Kirche Gottes auf der ganzen *Erde* bilden. Anfangs sahen die „Brüder" zu Recht, daß diese Einheit des „Leibes" Christi eine Einheit der „*Glieder*" dieses „Leibes" ist. Die praktische Auswirkung dessen war, daß sie der Einheit des Leibes (in dieser Bedeutung) auch Ausdruck verleihen wollten, indem sie alle wahren Gläubigen zum Abendmahl zuließen (vgl. 1. Kor. 10,16b). Viele ihrer Probleme entstanden aber, als sie – besonders, weil sich die durch die Trennungen entstandenen „Blöcke" gegeneinander abgrenzen mußten – anfingen, aus dieser Einheit der *Glieder* eine Einheit der *örtlichen Gemeinden* zu machen, etwas, was der Bibel völlig unbekannt ist. Dies wurde eines der wichtigsten „Schibboleths" der „Geschlossenen Brüder", was dann zwangsläufig bei verschiedenen Strömungen zu Zentralismus und/oder zu Synodalismus führte. Das konnte auch nicht ausbleiben, weil eine Einheit oder Einheitlichkeit von (vielen) örtlichen Gemeinden nur durch zentrale Leitung und/oder durch synodenartige Brüderzusammenkünfte gewährleistet werden kann.

[2] Anmerkung von WJO: Watchman Nee redet hier von der Vorstellung einer (*de jure* vielleicht abgelehnten, aber *de facto* anerkannten) weltweiten Kirche, die aus den einzelnen örtlichen Gemeinden besteht, so wie die römisch-katholische oder die Vereinigte Lutherische Kirche Deutschlands. Bezeichnend ist in diesem Zusammenhang unter anderem, daß die „Brüder" manchmal auf sich selbst als die „Christliche Versammlung" verweisen, wo sie doch nicht mehr sind, als „Christliche Versammlung*en*" (siehe die vorherige Anmerkung). Hier finden wir den gleichen Unterschied, wie zwischen der (einen) Reformierten *Kirche* und den (vielen) reformierten *Gemeinden*.

len sie in den Fehler des „Kongregationalismus“, der jede Gemeinde zu einer unabhängigen Größe macht. Die „Geschlossenen Brüder“ gehen über die Begrenzung der örtlichen Gemeinde hinaus, während die „Offenen Brüder“ diese Begrenzung nicht ausfüllen. Beide vergessen, daß in der Bibel nur von *einer* Gemeinde die Rede ist, der örtlichen.[1] Die Worte, die in der Bibel an die Gemeinde gerichtet sind, wenden sich stets an die örtliche Gemeinde. Eigenartigerweise ist man heute geneigt, die Worte der Bibel, die an die örtliche Gemeinde gerichtet sind, so zu verdrehen, als seien sie an die ideelle Kirche gerichtet. Außerdem gibt es Brüder, die, wenn sie eine Gemeinde gründen, diese kleiner machen, als durch die örtlichen Grenzen vorgegeben ist, die sogenannten „Hausgemeinden“.[2] Aber in der Bibel lesen wir weder etwas von einer „Vereinigten Kirche“, die aus örtlichen Gemeinden besteht, noch von verschiedenen Gemeinschaften an einem Ort, die sich, unabhängig voneinander als Gemeinden

---

[1] Anmerkung von WJO: Watchman Nee meint damit: Die Bibel kennt wohl Gemein*den* (Mehrzahl) in einem bestimmten Gebiet, zum Beispiel in Galatien (Gal. 1,2) oder Asien (Offb. 1,11), mit jeweils *einer* Gemeinde an jedem Ort (vgl. Tit. 1,5); aber in jeder Stadt oder jedem Dorf gibt es immer nur *eine* Gemeind*e*, zum Beispiel die Gemeinde in Korinth (1. Kor. 1,2) oder die Gemeinde der Thessalonicher (1. Thes. 1,1).

[2] Anmerkung von WJO: Watchman Nee will hiermit nicht sagen, eine örtliche Gemeinde dürfe nicht in einem Haus zusammenkommen, wenn sie so klein ist (siehe Kol. 4,15), oder sogar in vielen Häusern, wenn sie zu groß ist, um sich an einem Ort versammeln zu können (Apg. 2,46). Aber immer muß das in dem Bewußtsein geschehen, daß die örtliche Gemeinde die Versammlung *aller* an Christus Gläubigen am Orte ist. Eine willkürliche Gruppe von Gläubigen, die getrennt von anderen, ähnlichen Gruppen in einem Haus zusammenkommt, hat nicht das Recht, sich „Gemeinde“ zu nennen. Watchman Nee sieht in ihr höchstens einen *Teil* der örtlichen Gemeinde, der sich darüber hinaus nicht sektiererisch von dem Rest der Gemeinde trennen darf – es sei denn, der Rest sitze in einer „Thyatira“- oder „Sardes“-Kirche. Wenn das so ist, *müssen* sich die „Philadelphia“-Gläubigen leider notgedrungen getrennt versammeln. Aber auch dann tun sie das in dem Bewußtsein, nur ein Teil der örtlichen Gemeinde zu sein, wenn sie auch wegen der Untreue der „Thyatira“- und „Sardes“-Gläubigen in die Rechte der örtlichen Gemeinde als solcher eintreten.

betrachten. Gott hat weder eine Kirche gewollt, die verschiedene örtliche Gemeinden umfaßt, noch verschiedene Gemeinden an einem Ort. Gottes Wort läßt uns deutlich sehen, daß ein Ort nur *eine* Gemeinde haben, und daß nur *eine* Gemeinde an einem Ort bestehen kann. Eine Gemeinde an verschiedenen Orten erfordert eine Einheit, die von der Bibel nicht verlangt wird; und verschiedene Gemeinden an einem Ort zerstören die biblische Einheit. Die Schwierigkeit der „Brüder" jener Zeit bestand darin, daß sie den örtlichen Charakter der Gemeinde nicht deutlich genug in der Bibel erkannt haben. Die Folge ist, daß solche, die die überörtliche „Einheitsgemeinde" kennen, mit „Brüdern" an anderen Orten vereinigt sind und nichts dabei finden, von Gläubigen am gleichen Ort getrennt zu sein. Und solche, die die eigene Gemeinschaft als selbständige Größe betrachten und keine Probleme mit den Brüdern in eben dieser Gemeinschaft haben, läßt es ziemlich kalt, daß sie von Gläubigen aus anderen Gemeinschaften getrennt leben. Weil sie nicht die Bedeutung der biblischen Unterweisung über die örtliche Gemeinde erfassen, ist es in beiden Strömungen zu Trennungen gekommen.

Der Herr verlangt nicht die unpraktische Einheitlichkeit aller örtlichen Gemeinden. Aber der Herr erlaubt andererseits auch nicht, eine (willkürliche) Gemeinschaft als Begrenzung der Einheit zu betrachten; das ist zu freizügig und führt zu völliger Auflösung: Schon ein klein wenig Uneinigkeit reicht dann aus, um sofort mit einer Gruppe von drei oder fünf Personen eine neue „Versammlung" am selben Ort zu gründen, und das wird dann Einheit genannt. Es kann aber an jedem Ort nur eine Einheit geben.[1] Welch eine einschränkende Norm für Menschen mit ihrer fleischlichen Zügellosigkeit!

Die „Brüderbewegung" besteht noch immer. Und das Licht, das auf die örtliche Gemeinde scheint, wird immer heller. Bis zu welchem Punkt der Herr dies alles geschehen lassen wird, wissen wir nicht. Wir können nur die Geschichte abwarten, dann wird alles klar sein. Wenn wir uns völlig dem Herrn überlassen und niedrig gesinnt sind, werden wir vielleicht Barmherzigkeit erlangen und vor den Irrungen bewahrt bleiben.

„Wer überwindet, den werde ich zu einer Säule machen in dem Tempel meines Gottes, und er wird nie mehr herausgehen; und ich werde auf ihn schreiben den Namen meines Gottes und den Namen der Stadt meines Gottes, des neuen Jerusalem, das aus dem Himmel herniederkommt von meinem Gott und meinen neuen Namen." In der Periode von Philadelphia kam es oft vor, daß Brüder ausgeschlossen wurden.[2] Hier nun können sie nicht länger ausgeschlossen werden, sie werden eine Säule im Tempel Gottes sein. Wenn die Säule entfernt wird, bricht der ganze Tempel zusammen. Philadelphia hält den Tempel Gottes aufrecht. Drei Namen werden auf den Überwinder geschrieben: der Name Gottes, der Name des neuen Jerusalem und der neue Name des Herrn. Gottes ewiger Plan kommt zustande. Die Menschen von Phi-

---

[1] Anmerkung von WJO: Watchman Nee will sagen: Sowohl die alte wie die neue „Versammlung" rühmen sich der Einheit, weil sie sich *innerhalb* ihres Kreises sehr einig sind, während sie miteinander gar keine Einheit pflegen. Es kann aber eigentlich erst von Einheit die Rede sein, wenn alle Gläubigen, die auf biblischer Grundlage zusammenkommen wollen, dies auch in Eintracht tun und nicht in getrennten Gruppen.

[2] Anmerkung von WJO: Oftmals wurden Gläubige, die den Weg der „Brüder" gehen wollten, von ihren ehemaligen Kirchen oder Glaubensgemeinschaften ausgestoßen.

ladelphia bekehren sich zu dem Herrn und gefallen Ihm wohl.

„*Wer ein Ohr hat, höre, was der Geist den Versammlungen sagt!*" Bedenke bitte, daß Gott uns über Seine Herzenswünsche nicht im unklaren gelassen hat; Gott hat uns den Weg deutlich gezeigt.[1]

[1] Anmerkung von WJO: In dem dritten Vortrag geht Watchman Nee viel ausführlicher auf diese Schlußverse ein.

Die Gemeinde in Laodicäa

14 *Und dem Engel der Versammlung in Laodicäa schreibe: Dies sagt der Amen, der treue und wahrhaftige Zeuge, der Anfang der Schöpfung Gottes:* 15 *Ich kenne deine Werke, daß du weder kalt noch warm bist. Ach, daß du kalt oder warm wärest!* 16 *Also, weil du lau bist und weder kalt noch warm, so werde ich dich ausspeien aus meinem Munde.* 17 *Weil du sagst: Ich bin reich und bin reich geworden und bedarf nichts, und weißt nicht, daß du der Elende und Jämmerliche und arm und blind und bloß bist.* 18 *Ich rate dir, Gold von mir zu kaufen, geläutert im Feuer, auf daß du reich werdest; und weiße Kleider, auf daß du bekleidet werdest, und die Schande deiner Blöße nicht offenbar werde; und Augensalbe, deine Augen zu salben, auf daß du sehen mögest.* 19 *Ich überführe und züchtige, so viele ich liebe. Sei nun eifrig und tue Buße!* 20 *Siehe, ich stehe an der Tür und klopfe an; wenn jemand meine Stimme hört und die Tür auftut, zu dem werde ich hineingehen und das Abendbrot mit ihm essen, und er mit mir.* 21 *Wer überwindet, dem werde ich geben, mit mir auf meinem Thron zu sitzen, wie auch ich überwunden und mich mit meinem Vater gesetzt habe auf seinen Thron* (Offenbarung 3,14-21).

Jetzt müssen wir über die letzte Gemeinde sprechen. Wir haben die römisch-katholische Kirche, die protestantischen Kirchen und die „Brüderbewegung" gesehen. Welche Gott von diesen dreien erwählt hat, ist die „Brüderbewegung". Thyatira versagte vollständig. Obwohl Sardes besser war als Thyatira, tadelt der Herr sie doch. Nur Philadelphia erhält kein einziges tadelndes Wort. Die Verheißung des Herrn richtet sich an Philadelphia. (Allerdings erklingt auch in Philadelphia ein Aufruf an die Überwinder.) Wenn es an uns gelegen hätte, würden wir hier aufgehört und nicht weitergeschrieben haben. Aber weil uns der Herr in diesen sieben Gemeinden prophetisch den Werdegang der Kirche beschreibt, ist es nötig, auch den letzten Schritt bis nach Laodicäa zu gehen, den wir ja alle kennen. Wenn ihr fragt: „Auf welche Glaubensgemeinschaft bezieht sich eigentlich Laodicäa?" so könnten viele keine Antwort geben. Viele Kinder Gottes haben keine klare Vorstellung in bezug auf Laodicäa. Manche meinen, wir sollten persönlich unsere Lehren daraus ziehen; andere denken, dieses Bild bezöge sich auf den allgemeinen trostlosen Zustand der Kirche. Aber der Herr spricht hier eine Prophetie aus.

Der Name „Laodicäa" hat wie der der anderen Gemeinden eine besondere Bedeutung. Er setzt sich aus zwei Worten zusammen: *laos*, „das gewöhnliche Volk", von dem das Wort „Laien" abgeleitet ist, und *dikaia*, das mit „Gewohnheit" oder „Meinung" übersetzt werden kann. Laodicäa bedeutet also: Was die Laien gewohnt sind, oder: Meinung des gewöhnlichen Volkes.[1] Hier können wir die Bedeutung gut erkennen. Diese Gemeinde hat schon von Anfang an versagt. Es ist soweit mit ihr gekommen, daß die Ansichten und Gewohnheiten der Laien zum Maßstab gemacht werden. In Philadelphia sehen wir die Brüder

[1] Anmerkung von WJO: Gewöhnlich wird der Name Laodicäa als „Gerechtigkeit (oder Rechtsprechung) des Volkes" oder als „Volksgericht" erklärt. Dies stimmt insofern mit der Deutung Watchman Nees überein, als es hier das Volk ist, das nach seinem Verständnis urteilt.

und ihre gegenseitige Liebe. Was wir hier sehen, sind Laien, Meinungen und Gewohnheiten.[1]

Bedenkt bitte das folgende: Wenn Gottes Kinder ihre Stellung als Philadelphia nicht festhalten, werden sie fallen und sich versündigen; aber sie können nicht nach Sardes zurückkehren. Wenn ein Mensch erst einmal die Wahrheit der „Brüder" gesehen hat, kann er nicht in die protestantischen Kirchen zurückkehren, selbst, wenn er es will. Weil er die Stellung von Philadelphia nicht aufrechthalten konnte, folgt daraus, daß er abgleitet und, wie hier steht, Laodicäa wird. Was aus der römisch-katholischen Kirche hervorkam, wird protestantische Kirchen genannt, was aus den protestantischen Kirchen hervorkam, wird „Brüderbewegung" genannt, und was aus Philadelphia hervorkommt, wird Laodicäa genannt. Sardes geht aus Thyatira hervor und Philadelphia aus Sardes. So kommt Laodicäa aus Philadelphia. Gegenwärtig herrscht unter Kindern Gottes dies Mißverständnis: Wenn sie eine einzelne Gemeinde irgendeiner Glaubensgemeinschaft sehen, deren Zustand schlecht ist, so sagen sie, dies sei Laodicäa. Das ist nicht richtig. Eine verkehrte Gemeinde irgendeiner Glaubensgemeinschaft ist Sardes, nicht Laodicäa. Die verschiedenen Glaubensgemeinschaften gehören zu den protestantischen Kirchen. Sie erfüllen nicht die Bedingungen, Laodicäa zu sein.

Nur das strauchelnde Philadelphia kann Laodicäa werden. Der Zustand von Laodicäa ist nicht der von Sardes.

[1] Anmerkung von WJO: Watchman Nee meint damit: Wo Brüder als „Brüder" miteinander umgehen, tun sie das unter der Leitung des Heiligen Geistes. Wo sie als „gewöhnliche Menschen" handeln, die ja immer gern ihre „Meinung" hören lassen, regiert nicht mehr der Heilige Geist, sondern das Fleisch.

Nur was die Qualität von Philadelphia erfahren hat und dann gefallen ist, wird zu Laodicäa. Sardes hat von Anfang an nicht viel. Was aber den Reichtum im Heiligen Geist nicht bewahrt, wird Laodicäa.

Um was für einen Fall handelt es sich hier? Um mit Ephesus zu beginnen: Hier sehen wir unnormale Entwicklungen inmitten einer normalen geistlichen Situation. In Pergamus sehen wir die Lehre des Bileam aufkommen. In Thyatira sehen wir Isebel. Dort hat die priesterliche Mittlerklasse ihre Wurzeln. Sardes gibt uns eine geöffnete Bibel; aber dasselbe Sardes stiftet eine neue Mittlerklasse, die „Geistlichkeit". In Philadelphia sehen wir nur Brüder, eine Klasse, die über den Laien steht, gibt es nicht mehr. Jeder kehrt zum Wort des Herrn zurück und gehorcht dem, was der Heilige Geist durch das Wort des Herrn geredet hat. Aber weil man zu einem gewissen Zeitpunkt nicht mehr die Stellung von Brüdern unter der Zucht des Heiligen Geistes einnimmt, und aus der Stellung von Brüdern in die von Laien zurückfällt, erscheint Laodicäa. In Sardes hat ein System von Predigern das Sagen, in Philadelphia aber regiert der Heilige Geist; der Geist regiert durch das Wort und den Namen (Christi), und alle sind Brüder, die einander liebhaben. Hier in Laodicäa herrscht weder der Heilige Geist, noch das System der Prediger, sondern die Laien. Was meinen wir damit, wenn wir sagen, die Laien regieren? Es bedeutet, daß die Mehrheit das Sagen hat. Die Ansichten der Mehrheit werden für gültig erklärt. Solange die Mehrheit irgend etwas gutheißt, ist alles in Ordnung. Das ist Laodicäa. Mit anderen Worten: Weder die Priester, noch die Pastoren, noch der Heilige Geist hat zu bestimmen, sondern die Mehrheitsmeinung zählt. Hier sind es nicht Brüder, sondern Menschen. Laodicäa(christen) stehen hier nicht in der Stellung von Brüdern, sondern in der von Menschen, die nach dem Willen des Fleisches handeln. Man hebt die Hand auf und das genügt.[1] Wir müssen den Willen Gottes kennen und nach Philadelphia blicken, so will Gott es haben. Überall, wo keine Bruderliebe ist, sondern nur die Meinung fleischlich gesinnter Menschen gilt, da befindet sich Laodicäa.

Hier bezeichnet der Herr sich selbst als *„der Amen, der treue und wahrhaftige Zeuge, der Anfang der Schöpfung Gottes"*. Der Herr ist Amen. Amen heißt „es ist wahr" oder „so ist es". So wird Er alles vollbringen und nichts wird umsonst sein. Der Herr Jesus legte auf Erden für das Werk Gottes Zeugnis ab. Der Herr ist das Haupt über die vielen Wesen und Dinge, die Gott geschaffen hat.

„Ich kenne deine Werke, daß du weder kalt noch warm bist. Ach, daß du kalt oder warm wärest! Also, weil du lau bist und weder kalt noch warm, so werde Ich dich ausspeien aus meinem Munde." Sardes hat den Namen, lebendig zu sein und ist in Wirklichkeit tot. Laodicäa ist weder heiß noch kalt. Zu Ephesus sagte der Herr: „Ich werde deinen Leuchter aus seiner Stelle wegrücken." Und zu Laodicäa: „Ich werde dich ausspeien aus meinem Munde." Der Herr wird sie nicht weiter gebrauchen, sie sind nicht mehr das „Amen". Das liegt daran, daß sie weder heiß noch kalt sind. Sie sind voller Erkenntnis, aber es mangelt ihnen an Kraft. Als sie

---

[1] Anmerkung von WJO: Das Handhochheben braucht natürlich nicht buchstäblich vorzukommen. Aber es ist doch wohl eine Tatsache, daß man in großen Teilen der „Brüderbewegung" eher durch die Mehrheit (bestimmt von starken Persönlichkeiten), als durch den Heiligen Geist, beherrscht wird.

heiß waren, waren sie Philadelphia; aber jetzt sind sie kälter geworden als damals. Wenn Philadelphia einmal strauchelt, wird es Laodicäa. Nur die Menschen von Philadelphia können so tief fallen.

„Weil du sagst: Ich bin reich und bin reich geworden und bedarf nichts ...“ Ich habe schon gesagt, daß die „Brüderbewegung“ viel mehr Erkenntnis hat als die Reformation. Die Reformation war nur eine mengenmäßige Reformation, während die „Brüderbewegung“ eine qualitative war, ein Wiederentdecken des ursprünglichen Wesens der Kirche.[1] Solche Kraft ist wirklich groß. Aber weil diese „Brüder“ in Wandel und Wahrheit stärker als andere waren, so daß selbst ein Schiffskoch unter ihnen mehr wußte als ein Missionar aus den protestantischen Kirchen, wurden sie hochmütig. „Ihr wißt überhaupt nichts, und wir wissen alles“, war ihre Haltung. In den protestantischen Kirchen hatte niemand Einsicht. Der bekannte Scofield[2] war auf die „Brüder“ zugegangen, um sich belehren zu lassen. Gipsy Smith, der allseits bekannte Evangelist,[3] war zu ihnen gekommen, und benutzte ihre Belehrungen für seine Predigten. Alle Arbeiter, Studenten, Prediger mußten Hilfe und Licht von ihnen empfangen. Wir wissen nicht, wie vielen Menschen durch ihre Schriften geholfen wurde.

---

1 Anmerkung von WJO: Watchman Nee meint hier: Die Reformation war natürlich viel umfangreicher, wenn es um die Anzahl der Menschen geht; aber abgesehen von der Lehre der Errettung steckte die Reformation in allen Lehrpunkten noch sehr stark in römischen Traditionen. Die wirkliche Erneuerung, besonders – aber nicht ausschließlich – die Lehre von der Kirche und die Lehre von den letzten Dingen, kam erst mit Philadelphia.

2 Anmerkung von WJO: C.I. Scofield war der Redakteur der bekannten Scofield-Bibel mit ihren Erklärungen (1909).

3 Anmerkung von WJO: Rodney Smith, ein Zigeuner („Gipsy“), war ein bekannter englischer Evangelist (1860-1947).

Viele müssen für sich bekennen, daß niemand die Bibel so gut erklären kann, wie die „Brüder". Als Folge dessen wurden einige unter ihnen hochmütig. „Unsere Lehrlinge sind die Lehrer der anderen", sagen sie. Auch wenn ihnen kräftig widersprochen wurde, haben sich einige selbst zu Helden ausgerufen. Bei manchen kam das durch ihre Selbstzufriedenheit. Einige „Brüder" haben wohl Bruderliebe und suchen das Wohl der anderen, während andere nichts als Kenntnis besitzen. Dadurch war es unvermeidlich, daß sie selbstzufrieden und eingebildet wurden. Der Herr läßt uns sehen, daß ein hochmütiges Philadelphia Laodicäa, und Laodicäa ein gefallenes Philadelphia ist. An vielen Orten gibt es in ihren Versammlungen daher auch Kummer wegen ihres Betragens und ihrer Lehre. Das besondere Kennzeichen Laodicäas ist geistlicher Hochmut. Was diese geschichtliche Seite betrifft, hat der Herr diese tatsächlich in Erfüllung gehen lassen.

Wir können heutzutage sowohl Philadelphia als auch Laodicäa begegnen. Beide sehen sich als Gemeinde sehr ähnlich. Der Unterschied ist, daß Philadelphia Liebe kennt, während Laodicäa hochmütig ist. Äußerlich gibt es keine Unterschiede; der einzige Unterschied ist, daß Laodicäa ein hochmütiges Philadelphia ist. Ich will nicht viel darüber reden, sondern nur ein paar Beispiele nennen. Ein Bruder unter ihnen sagte einmal: „Gibt es etwas Geistliches, das nicht bei uns gefunden wird?" Ein anderer sagte, nachdem er eine neue Zeitschrift gesehen hatte: „Was könnte da schon Neues drinstehen? Gibt es noch etwas, was wir nicht besitzen?" – und er sandte die Zeitschrift ungelesen zurück. Ein anderer Bruder sagte: „Weil uns der Herr das meiste Licht gegeben hat, muß uns das genügen;

wenn wir lesen, was andere geschrieben haben, so ist das Zeitverschwendung.“ Ein anderer sagte: „Was haben andere, das wir nicht haben?“ Und wieder ein anderer sagte: „Was andere haben, haben wir auch, aber was wir haben, haben andere vielleicht nicht.“ Wenn wir sie so reden hören, denken wir sofort an das, was der Herr über solche sagt, die behaupten: „Ich bin reich.“ O, wie müssen wir aufpassen, daß wir nicht wie Laodicäa werden!

Auf einer Insel im Atlantik wohnten eine Reihe von „Brüdern“. Einst kam ein Orkan, der alle Häuser verwüstete, auch die der „Brüder“, zusammen mit ihrem Versammlungslokal. Innerhalb weniger Stunden erhielten sie von den „Brüdern“ aus aller Welt mehr als zweihunderttausend Pfund Sterling. Diese Hilfe erreichte sie schneller als die von der Regierung. Unter ihnen besteht wirkliche Bruderliebe; aber es gibt auch solche, die hochmütig geworden sind. Die protestantischen Kirchen können nicht zu Laodicäa werden. Sardes gibt selbst zu, daß sie nichts hat. Ich habe mehr als zwanzig Jahre gearbeitet; aber ich habe noch nie einen Missionar, von welcher Konfession auch immer, getroffen, der sagte, er besäße alle geistlichen Dinge. Alle beklagten ihren Mangel. Die fehlerhaften und schwachen protestantischen Kirchen sind Sardes, nicht Laodicäa. Nur Laodicäa trägt die besonderen Kennzeichen geistlichen Hochmuts. Die protestantischen Kirchen haben viele Sünden, aber geistlicher Hochmut gehört nicht zu den hervorstechenden. Nur die gefallenen Brüder würden sagen: „Ich bin reich und bin reich geworden und bedarf nichts.“ Nur das gefallene Philadelphia kann Laodicäa werden. Wenn es um den geistlichen Reichtum geht, weiß Sardes sehr wohl, daß sie nichts hat. Dort hört man häufig:

„Wir sind nicht eifrig genug, und unsere eifrigsten Mitglieder sind fortgegangen." Reichtum kennzeichnet Philadelphia, während das Prahlen mit dem Reichtum das besondere Erkennungsmerkmal für Laodicäa ist. Nur Laodicäa kann sich rühmen. Jemand, der aus der Stellung von Philadelphia weggeht, kann nicht nach Sardes zurückkehren. Es ist unmöglich, einen Bruder nach Sardes zurückzuholen; es kann nur Laodicäa werden. Auch Laodicäa setzt nicht die rechte Lehre der Apostel fort. Sie geht darüber hinaus. Es sind diejenigen, die leere Erkenntnis besitzen; sie haben kein Leben, sind selbstzufrieden, hochmütig und eingebildet.[1]

„Weil du sagst, ich bin reich und bin reich geworden und bedarf nichts, und weißt nicht, daß du der Elende, und der Jämmerliche und arm und blind und bloß bist ..." Was sie sagen, ist tatsächlich wahr: „Ich bin reich und bin reich geworden und bedarf nichts!" In der Tat, sie sind gewaltig vor Gott. Sie haben Grund zum Rühmen. Wir erkennen es an, daß vieles bei ihnen ist, dessen man sich rühmen kann. Aber es ist besser, dies dem Urteil anderer zu überlassen, als es selbst auszusprechen. Laßt andere es erkennen, aber nicht uns selbst. Es wäre gut, wenn andere es sagten; aber wenn wir es selbst tun, dann ist es nicht gut. Geistlicher Dinge sollte man sich nicht rühmen. Wenn man in irdischen Dingen mit seinem Reichtum angibt, wird dadurch das Papiergeld nicht wegwehen und die Menge nicht abneh-

---

[1] Anmerkung von WJO: Ein Geistverwandter Watchman Nees war der bekannte indische Prediger Bakht Singh, der in Indien eine große Anzahl von Versammlungen gründete. Sie entsprachen den mit Watchman Nee verbundenen Versammlungen in China. Es ist Jahrzehnte her, als ich als junger Mann neben einem Bruder stand, der Bakht Singh nach seiner Meinung über die „Brüderversammlungen" in Indien fragte. Seine Antwort: „Sie haben wohl viel Erkenntnis, aber kein Leben."

men. Aber sobald man sich geistlicher Dinge rühmt, gleiten sie einem durch die Finger. Wenn sich jemand seiner (geistlichen) Kraft rühmt, ist sie verschwunden. Das Angesicht Moses´ strahlte; aber er war sich dessen nicht bewußt (1. Mose 34,29). Wer weiß, daß sein Angesicht strahlt, wird dieses Strahlen verlieren. Es ist ein Segen, wenn man selbst nicht merkt, wie man wächst. Viele wissen genau über ihren Zustand Bescheid; aber in Wirklichkeit haben sie nichts. Wenn man geistliche Autorität hat, ist das gut; aber wenn man sich dessen bewußt ist, so ist das nicht gut. Die Laodicäer leiden an einem großen Selbstwertgefühl; sie haben zu viel. Als Folge davon sind sie in Gottes Augen blind, arm und nackt. Daraus müssen wir eine Lektion lernen. Laodicäa weiß viel zu gut, daß sie reich ist. Wir hoffen, daß wir wachsen werden; aber wir wollen es selbst nicht merken.

Der Herr sagt: *„... du bist der Elende ...“* Das Wort „Elende“ ist dasselbe, das Paulus in Römer 7,24 gebraucht. Was der Herr hier meint, ist dies: Du bist geistlich gesehen, wie Paulus in Römer 7, elendig und mußt dich schämen. Du bist weder so noch so, und in den Augen des Herrn nur armselig. Im folgenden zeigt der Herr drei Gründe, weshalb sie elend und miserabel sind. Als erstes sind sie arm, zweitens blind und drittens sind sie nackt.

Was die Armut angeht, sagt der Herr ihnen: *„Ich rate dir, Gold von mir zu kaufen, geläutert im Feuer, auf daß du reich werdest ...“* Wenn sie auch lehrmäßig reich sind, erscheinen sie in den Augen des Herrn doch als arm. Sie brauchen einen lebendigen Glauben, sonst bringt ihnen das Wort Gottes keinen Nutzen. Ihr Versagen und ihre Schwachheit erklären sich aus der Tatsache, daß sie ihren Glauben verloren haben. Petrus sagt, daß ein erprobter Glaube durchs Feuer geläutertes Gold ist (1. Petrus 1,7). In Tagen, in denen das gepredigte Wort armselig ist, muß man beten. Wenn das Wort zunimmt, muß man Glauben haben, der sich mit dem gehörten Wort vermischt. Man muß durch mancherlei Versuchungen hindurch, damit das gehörte Wort auf praktische Weise Nutzen bringt. Man muß das durchs Feuer geläuterte Gold kaufen. Man muß lernen zu vertrauen, selbst in Drangsalszeiten. Dann wird man wirklich reich sein.

Darüber hinaus sagt der Herr: *„... und weiße Kleider, auf daß du bekleidet werdest und die Schande deiner Blöße nicht offenbar werde ...“* Wir haben früher schon einmal erwähnt, daß die „weißen Kleider“ ein Bild für unser Betragen sind (vgl. Vers 5). Die „weißen Kleider“ hier bedeuten dasselbe wie diejenigen an anderen Stellen der Offenbarung. Gott will uns damit sagen, daß sie nicht beschmutzt werden, sondern weiß bleiben. Gott will, daß die Gläubigen fortwährend vor Seinem Angesicht wandeln. Es ist unmöglich, nackt vor Ihm zu stehen. Im Alten Testament konnte niemand unbekleidet Gott nahen. Wenn der Priester zum Altar ging, durfte seine Blöße nicht sichtbar werden (2. Mose 20,26). 2. Korinther 5 ermahnt uns, „... daß wir, wenn wir auch bekleidet sind, nicht nackt erfunden werden“. In Offenbarung 3 geht es aber nicht um die Frage, ob wir bekleidet sind oder nicht, sondern ob unsere Kleider weiß sind. Der Herr Jesus sagt: „Und wer einen dieser Kleinen nur mit einem Becher kalten Wassers tränken wird in eines Jüngers Namen, wahrlich, ich sage euch, er wird seinen Lohn nicht verlieren“ (Mt. 10,42). Das ist das weiße Kleid. Wir können für andere zu großem Segen sein und doch keine weißen Kleider tragen. Wenn wir etwas nur tun, damit unsere Gruppe geehrt wird, hat es keinen Wert; und wenn die Beweggründe noch schlechter sind, taugt es noch weniger. Es ist nicht klar und rein genug. Der Herr verlangt, daß unsere Beweggründe und Ziele im Dienst für Ihn rein sind. Es gibt viele Aktivitäten und viele Motive, denen man, sobald man mit ihnen in Berührung kommt, viel Unreinheit abspürt. Sie sind nicht „weiß". *„Auf daß ... die Schande deiner Blöße nicht offenbar werde."* Das heißt: Auf daß ihr nicht beschämt werdet, wenn ihr vor Gottes Angesicht erscheint.

Der dritte Punkt ist: *„... und Augensalbe, deine Augen zu salben, auf daß du sehen mögest"*. Hier steht „Salbe" und nicht „Tabletten". Kauft Augensalbe, um eure Augen zu salben: Das ist die Offenbarung des Heiligen Geistes.[1] Ihr müßt die Offenbarung des Heiligen Geistes haben, dann könnt auch ihr zu den Sehenden gerechnet werden. Zu viele lehrmäßige Erkenntnis kann statt dessen eine Verringerung der Offenbarung des Heiligen Geistes zur Folge haben. Oft besteht die Lehre aus dem Transport von Gedanken von dem einen zu dem anderen; aber die geistlichen Augen haben nichts gesehen. Viele wandeln im Lichte anderer. Weil viele ältere Brüder so reden, tust du es auch. Dann heißt es: „Der und der hat das zu mir gesagt ..." – aber, wenn „der und der" nichts zu dir gesagt hätte, wüßtest du nicht, was du zu tun hast. Du empfängst die Lehre durch Mitteilung anderer Menschen und nicht

[1] Anmerkung von WJO: Watchman Nee meint damit: Die Salbung mit Öl im Alten Testament findet ihre Entsprechung im Neuen Testament in der „Salbung" mit dem Heiligen Geist (Apg. 10,38; 2. Kor. 1,21b).

von dem Herrn Jesus. Der Herr Jesus sagt hier, daß dies so nicht geht; du hast den Heiligen Geist nötig. Ich kann nicht einem Freund einen Brief schreiben, und ihn bitten, statt meiner das Evangelium zu hören, damit ich errettet werde. So ist alles, was wir aus Menschenhand empfangen, nicht mehr heil und neu, wenn es zu uns kommt; es hat nichts mit Gott zu tun. Der Bibel zufolge ist dies Blindheit. Ohne vom Heiligen Geist berührt worden zu sein, können wir uns nicht mit geistlichen Dingen beschäftigen. Es kommt nicht darauf an, wieviel du gehört hast. Meistens ist es nichts als Zunahme an Gelehrsamkeit und Erkenntnis; aber ohne vor Gottes Angesicht etwas zu *sehen.* Wir müssen vor Gottes Angesicht eines lernen: Wir müssen Augensalbe kaufen. Nur was ich selbst erkannt habe, habe ich wirklich gesehen. Das eigene Schauen ist die Grundlage für alles schon Erworbene, wie auch für das, was wir noch erfahren sollen.

„Ich überführe und züchtige, so viele ich liebe. Sei nun eifrig und tue Buße!" Die vorher gesprochenen Worte sind eine Bestrafung. Aber der Herr läßt uns sehen, daß Er uns liebt und uns darum auf diese Weise straft und zurechtbringt. Darum müssen wir eifrig sein. Was müssen wir tun? Umkehren! Das erste, was wir tun müssen, ist umkehren. Umkehr ist nicht nur eine persönliche Angelegenheit; auch die Gemeinde muß hier umkehren.

„Siehe, ich stehe vor der Tür und klopfe an; wenn jemand meine Stimme hört und die Tür auftut, zu dem werde ich eingehen und das Abendbrot mit ihm essen, und er mit mir." Dies Wort hat uns viel zu sagen. Um welche Tür handelt es sich hier? Viele benutzen diesen Vers, um das Evangelium zu ver-

künden. Dieser Vers darf auch gern an die Evangelisten ausgeliehen werden und ebenfalls an die Sünder; aber die „Ausleihe" darf nicht zu lange dauern, und der Vers muß wieder dahin gebracht werden, wohin er gehört. Dieser Vers ist ein Vers für die Kinder Gottes. Diese Tür ist die Tür des Herzens der Kirche. Wie „Tür" hier in der Einzahl steht, wendet es der Herr auf die ganze Kirche an. Es ist in der Tat eigenartig, daß der Herr, der das Haupt, oder sollten wir sagen, der Ursprung der Kirche ist, außerhalb der Tür dieser Kirche steht! *„Siehe, Ich stehe vor der Tür ..."* Das ist wirklich schrecklich. Wenn der Herr draußen vor der Tür der Kirche steht, was für eine Kirche ist das dann?

Der Herr sagt: „Siehe!" – und Er sagt das der ganzen Kirche. Die Tür ist die Tür zu dem Herzen der Kirche. *„... wenn jemand meine Stimme hört und die Tür auftut ..."* Die Worte „wenn jemand" lassen erkennen, daß es sich beim Öffnen der Tür um eine persönliche Angelegenheit handelt. In der Bibel finden wir in bezug auf die Wahrheit zwei Linien. Die eine ist die Linie des Heiligen Geistes und die andere ist die Linie Christi. Die eine ist subjektiv, die andere ist objektiv. Das heißt: die eine betrifft die subjektive Erfahrung, die andere den objektiven Glauben. Wenn sich jemand zu viel mit der objektiven Wahrheit beschäftigt, fängt er an, über den Wolken zu schweben, was nicht gerade praktisch ist. Wenn ein anderer sich dauernd mit der subjektiven Seite abgibt, wird er nur noch mit sich selbst beschäftigt sein und unzufrieden werden. Jeder, der mit dem Herrn leben will, muß die Balance zwischen diesen beiden Wahrheiten erkennen und finden. Die eine, die objektive Wahrheit läßt mich sehen, daß ich in Christus vollkommen gemacht *bin,* und die andere, die subjektive

Wahrheit zeigt mir, daß ich durch die innere Wirksamkeit des Heiligen Geistes zur Vollkommenheit gebracht *werde*. Der schlimmste Fehler der „Brüder" war, daß sie übertrieben großen Wert auf die objektive Wahrheit legten und die subjektive Wahrheit nicht genügend im Blick behielten. Philadelphia versagte und wurde zu Laodicäa. Ihr Versagen kam aus einem Zuviel an objektiver Wahrheit. Dies bedeutet nicht, der Heilige Geist sei mit Seinem innerlichen Werk nicht bei ihnen gewesen; aber aufs ganze gesehen gab es zuviel objektive und zu wenig subjektive Wahrheit. Wenn du die Tür öffnest, „werde ich zu dir kommen". Dies bedeutet, daß das Objektive subjektiv wird. Das heißt, Er verwandelt alles, was du objektiv besitzt ins Subjektive.[1] In Johannes 15,4 spricht der Herr über beide Seiten. Er sagt: „Bleibet in mir (objektiv), und ich in euch (subjektiv)." So auch hier: „Ich werde das Abendbrot mit ihm essen, und er mit mir." Der Herr sagt hier: „Wenn du die Tür öffnest, dann werde ich mit dir essen." Das ist Gemeinschaft, und das ist auch Freude. Dann haben wir innige Gemeinschaft mit dem Herrn und genießen die Freude, die aus solcher Gemeinschaft entspringt.

„Wer überwindet, dem werde ich geben, mit mir auf meinem Throne zu sitzen, wie auch ich überwunden und mich mit meinem Vater gesetzt habe auf seinen Thron." Viele meinen, diese Verheißung für die Überwinder sei die beste von allen, die an die sieben Gemeinden gesandt wurden. Obwohl man-

[1] Anmerkung von WJO: Watchman Nee meint damit: Alle objektiven Wahrheiten werden durch die Kraft des Heiligen Geistes dein Eigen, dein persönlicher geistlicher Besitz und im praktischen Glaubensleben geistlich verwirklicht, wahrgemacht. So, wie es in manchen Kreisen heißt: Kopfglaube wird Herzensglaube, oder auch wohl: Die Wahrheit wird erlebt.

che die anderen Überwinder-Verheißungen höher schätzen, haben mir viele gesagt, die Verheißung des Herrn an Laodicäa übertreffe alle anderen. In den vorhergehenden Verheißungen hat der Herr nichts über sich selbst gesagt.[1] Aber hier sagt Er: „Wenn ihr überwindet, werdet ihr mit mir zusammen essen. Ich habe vieles überwunden, darum sitze ich nun mit meinem Vater auf seinem Thron. Ihr müßt auch überwinden, damit ihr mit mir auf meinem Thron sitzen könnt." Der Überwinder hat hierin eine gewaltige Verheißung. Warum? Weil die Kirche hier ans Ende ihrer Geschichte gekommen ist. Der Überwinder wartet hier auf das Kommen des Herrn Jesus. Darum ist hier vom Thron die Rede.

[1] Anmerkung von WJO: Dies scheint mir nicht ganz richtig zu sein. Ist der Herr nicht selbst der Baum des Lebens (Offb. 2,7) oder das verborgene Manna (Offb. 2,17)? Geht es nicht auch in Offenbarung 2,26 darum, teilzuhaben an der Macht des Herrn? Müßte man nicht vielmehr sagen, daß *alle* sieben Verheißungen auf irgendeine Weise mit dem Herrn persönlich verbunden sind?

Nachbetrachtung

Das Alte Testament enthält viele Weissagungen über Juda. Israel hatte keine Weissagungen.[1] Zur Zeit Jerobeams lehnte sich Israel gegen Gott auf und war die erste der beiden Nationen, die umkam. Offenbar hatte Gott kein Wohlgefallen an Israel und verwarf es. Darum gab es keine Weisungen für Israel. Die Weissagungen über Juda reichten bis zu dem Herrn Jesus – wir können das in dem Geschlechtsregister von Matthäus 1 finden. Im Alten Testament gab es viele Propheten, deren Wirken kein anderes Ziel hatte, als uns zu zeigen, wie es in der Zukunft sein wird. Daniel zum Beispiel weissagte über den Zustand der Völker. Juda würde auch zu Ende kommen und danach würden fünfundzwanzig Jahrhunderte hindurch die Heidenvölker (die Weltreiche) eins nach dem anderen aufstehen, bis der Herr Jesus wiederkommt.[2] Darum beschreiben die bekannten Weissagungen in Daniel Kapitel 2, 7, 9 und 11 die betreffenden Heidenvölker sehr genau.

Neben den Weissagungen über Juda und den Heiden war in Gottes Plan noch die Kirche Gottes. Wo finden wir die Weissagungen über die Kirche? Wenn wir die ersten sieben Briefe (die von Paulus) lesen, finden wir darin keine Weissagungen. Es scheint, als ob in Matthäus 13 eine Reihe

---

[1] Anmerkung von WJO: Dies stimmt nicht ganz; Amos kam zwar aus Juda, empfing aber eine Weissagung für Israel (die zehn Stämme). Und Hosea weissagte nicht nur über die zehn Stämme, sondern stammte auch aus ihrer Mitte (vgl. 7,5: *„unser* König").

[2] Anmerkung von WJO: Vergleiche Lukas 21,24: „die Zeiten der Nationen", die mit der Wiederkunft Christi aufhören.

vorkommen; aber die gehen nicht genügend ins Einzelne und lassen sich auch nicht deutlich genug auf die Kirche anwenden; denn in diesem Kapitel geht es um die äußere Gestalt des Reiches der Himmel. Wir dürfen also sagen, daß nur diese letzten sieben Briefe von Offenbarung 2 und 3 die Weissagungen über die Kirche zeigen. Wir haben sie nun alle kurz betrachtet und gesehen, daß sie sämtlich erfüllt sind. Wir haben diese Weissagungen des Herrn besprochen und ihre Erfüllung in der Geschichte gesehen. Wir danken Gott, daß diese Weissagungen schon erfüllt sind; denn sie sind im Licht ihrer Erfüllung viel leichter zu begreifen.

Mit Hilfe dieser sieben Briefe will der Herr uns eine freundliche Handreichung geben, um Überwinder zu werden. Der Herr läßt uns vor allem sehen, wie wir uns betragen müssen, wenn wir überwinden wollen. Und Er zeigt uns durch die Erfüllung dieser Briefe, wie wir hier auf Erden Überwinder sein können. Darum stehen sie mit dem Wandel eines jeden von uns in enger Beziehung ...

Wir wissen ja, daß die Zahl sieben deutlich in drei und vier geteilt ist. Nach Ephesus kommt Smyrna, und nach Smyrna kommt Pergamus. Diese drei bilden eine Gruppe, weil sie alle drei vergangen sind. Die anderen vier bilden auch eine Gruppe. Thyatira, Sardes, Philadelphia und Laodicäa sind grundsätzlich anders als die anderen drei. Während Sardes auf Erden ist, ist Thyatira auch noch immer da. Während Philadelphia auf Erden ist, gibt es Sardes auch noch. Und während Laodicäa auf Erden ist, existiert Philadelphia auch noch hier. Mit anderen Worten: Die letzten vier Gemeinden bestehen gleichzeitig auf Erden. Sie beginnen nicht im gleichen Augenblick; aber sie enden gleichzeitig. Diese vier Gemeinden sind für uns heute von großer Bedeutung. Als die protestantischen Kirchen erschienen, bestand die römisch-katholische Kirche schon mehr als tausend Jahre. Als Philadelphia erschien, gab es die protestantischen Kirchen schon mehr als dreihundert Jahre. Als Laodicäa auftrat, war Philadelphia schon Jahrzehnte da. Wir heute Lebenden befinden uns in einer ganz besonderen Lage: Wir können unter vier verschiedenen Gemeinden wählen. Wären wir vor dem sechzehnten Jahrhundert geboren, hätten wir nur zur römisch-katholischen Kirche gehören können. Hätten wir im achtzehnten Jahrhundert gelebt, hätten wir zwischen der römisch-katholischen Kirche oder den protestantischen Kirchen aussuchen können. In dem darauf folgenden Jahrhundert, um 1825, erschien Philadelphia, das heißt, die „Brüderbewegung". Dann, nach 1840, kam Laodicäa.[1] Heutzutage gibt es vier Arten von Gemeinden. In allen befinden sich errettete Menschen; manche sind besser, manche sind schlechter. Gott hat uns in eine Zeit gestellt, in der wir unter vier Wegen aussuchen können. Aber der Herr zeigt uns auch, worum es Ihm geht. Ihm geht es nicht um die katholische Kirche; die Frage ist erledigt. Es besteht nicht die geringste

[1] Anmerkung von WJO: In den Jahren 1844-48 fand die erste große Trennung unter den „Brüdern" statt, die zwischen den „Offenen" und den „Geschlossenen" Brüdern. Dabei ging es um eine Sache, die in wahrer Bruderliebe (*Philadelphia!*) nicht zum Bruch zu führen brauchte. Als die Bruderliebe nicht mehr das tragende Fundament war, hörte die Bewegung grundsätzlich auf, „Philadelphia" zu sein, wenn auch viele Gläubige unter ihnen, sowohl unter den „Offenen" wie unter den „Geschlossenen" Brüdern, sich weiterhin im Geiste von Philadelphia versammelten. Der bekannte J.G. Bellett, die Nachtigall unter den Schreibern bei den „Geschlossenen Brüdern", hatte seine Liebesbeziehung zu den „Offenen" Brüdern in Irland zeitlebens aufrecht erhalten. Er war es auch, der in Anspielung auf Sacharja 11 von der „Brüderbewegung" sagte: „Wenn der Stab *Huld* erst einmal zerbrochen ist, geht der Stab *Bande* auch bald verloren."

Notwendigkeit, danach zu trachten, ein Nachfolger des Papstes zu werden. Obwohl die diesbezügliche Weissagung in Offenbarung 2 vorkommt, brauchen wir nicht mehr zu überlegen, ob wir diesen Weg wählen sollen oder nicht. Jeder, der die Bibel kennt, weiß, daß die Zeit, die römisch-katholische Kirche zu wählen, vorüber ist. Viel schwieriger ist das folgende: Viele Gläubige wissen nicht, daß die Frage, ob man die protestantischen Kirchen wählen soll oder nicht, auch vorbei ist. Will der Herr uns in Sardes haben? Eigenartigerweise fühlen sich viele sehr wohl dort in Sardes. Wenn wir aber das Wort Gottes lesen, wird Er uns zeigen, daß Er mit Sardes nicht zufrieden ist. Sein Verlangen geht nach Philadelphia. Von den sieben Gemeinden lobt der Herr nur Philadelphia. In den anderen Briefen finden wir Ermahnungen des Herrn. Smyrna ist besser und erhält keinen Tadel; aber sie wird auch nicht gelobt. Mit Philadelphia ist es ganz anders. Von Anfang an lobt sie der Herr nur. Dann werdet ihr fragen: Müssen wir uns dann der „Brüderbewegung" anschließen? (als ob es möglich wäre, „sich ihnen anzuschließen").[1] Viele in der „Brüderbewegung" sind schon Laodicäa geworden. Was sollen wir dann machen? Laodicäa wird von dem Herrn verworfen. Wenn wir nicht aufpassen, finden wir uns in Laodicäa wieder statt in Philadelphia.

Augenblicklich besteht eine große Schwierigkeit, der die Kinder Gottes ihre Aufmerksamkeit schenken müssen. In

[1] Anmerkung von WJO: Watchman Nee will hiermit wohl sagen: Die „Brüderbewegung" ist keine besondere Konfession, von der man ein Mitglied werden kann. Gerade weil die „Brüder" nichts anderes sein wollen, als gewöhnliche Christen und sie allein die Versammlung *aller* Christusgläubigen anerkennen, gehört jeder Gläubige in Wirklichkeit schon zu der Gemeinschaft, der sie Ausdruck verleihen wollen.

China wurde uns das Evangelium seit 1921 immer deutlicher, die Anzahl der Erretteten nahm immer mehr zu, und Gott lenkte unsere Aufmerksamkeit in wachsendem Maße auf die Wahrheit der Kirche. Wir verstanden, daß die Kirche ganz und gar Gott gehört, daß sie nur aus solchen bestehen kann, die errettet sind, und daß allein die in der Bibel niedergelegten Worte Gottes, von der Kirche zu befolgen sind. Während dieser Zeit hatte niemand von uns je etwas von der „Brüderbewegung" gehört. Erst im Jahre 1927 erfuhren wir etwas von dieser Wirksamkeit (Gottes) im Ausland. Durch die regelmäßig empfangenen Schriften wußten wir, daß eine sehr große Bewegung im Gang war, die sich auf alle Länder der Welt erstreckte. Die Reformation war eine genauso großartige Bewegung. Aber andererseits stellten wir fest, daß viele in die Stellung von Laodicäa gefallen waren. Von da stellten wir uns die Frage: Was sagt die Bibel? Müssen die Kinder Gottes sich einer Bewegung anschließen? Die Einheit der Christen sollte in Christus und nicht in einer Bewegung sein. Darum wandten wir noch mehr Zeit an das Studium der Bibel. Dabei wurde uns immer deutlicher, daß *das, was umfangreicher als die örtliche Gemeinde ist, nicht die Kirche ist, und daß das, was kleiner als die örtliche Gemeinde ist, auch nicht die Kirche ist.* In diesem Jahrhundert zeigt Gott uns vier verschiedene Gemeinden. Wir können es so formulieren: Es sind die römisch-katholische Kirche, die protestantischen Kirchen, die Brüder, die sich liebhaben und die Versammlungen der „Brüder". Die letztgenannten, die Versammlungen der „Brüder" sind in die Stellung von Laodicäa gefallen. Was diese Gruppe betrifft, so ist sie eine Sekte geworden. Ich fragte einmal einen gewissen Bruder: „Meinst du, daß du mich als Bruder anerkennen könntest?" Er sagte: „Naja, aber bei *euch* gibt es noch immer ..." Sofort antwortete ich ihm: „Aber wer seid *ihr* denn?" Fehlt mir etwas, um hier als ein Bruder zu gelten? In dem Wörtchen *uns* sind alle durch das Blut Erkauften eingeschlossen.[1] Wenn zum Beispiel in Chongqing jemand zum Glauben kommt und die Gemeinde in Chongqing sagt, er sei „noch kein Bruder"[2], so ist die Gemeinde in Chongqing eine Sekte geworden. Von einer Sekte muß man reden, wenn von einem Bruder noch etwas Zusätzliches verlangt wird, um ihn anerkennen zu können. Wenn sie vielleicht auch nicht sagen, sie seien die „Brüder"-Versammlung, so wird doch eine unsichtbare Grenze aufgerichtet.[3] Aus welcher Art Menschen besteht Philadelphia heute? Jede örtliche Gemeinde kann Philadelphia sein oder auch nicht. In der Tat ist es nicht meine Aufgabe, festzustellen, welche Gemeinde dazugehört und welche nicht. Vielleicht ist die Gemeinde in Chongqing Philadelphia und die Gemeinde in Kunming nicht. Vielleicht ist die Gemeinde in Qingdao Philadelphia und die in Lanzhou nicht. Gegenwärtig ist es eine Frage der örtlichen Gemeinde geworden, so wie auch die sieben Sendschreiben an örtliche Gemeinden gerichtet waren. Wir müssen die römisch-katholische Kirche verwerfen

---

[1] Anmerkung von WJO: Indem er von *euch* sprach, hatte der andere Bruder – jemand aus der „Brüderbewegung"? – eine sektiererische Unterscheidung zwischen *euch* und *uns* eingeführt, wohingegen Watchman Nee *alle* Gläubigen als „Brüder" bezeichnete, und mit *uns* nicht weniger als *alle* Gläubigen meinte.

[2] Anmerkung von WJO: Weil er noch nicht bestimmte Voraussetzungen erfüllte, um in die Gemeinschaft aufgenommen zu werden. Alle Bedingungen, die weiter gehen, als daß man ein Kind Gottes ist und das auch in Lehre und Leben zeigt, gehen über die Schrift hinaus und machen eine diese Bedingungen stellende Glaubensgemeinschaft kleiner als die örtliche Gemeinde, das heißt: zu einer Sekte. In der Praxis werden viele „Brüder" andere Gläubige höflicherweise auch „Brüder" nennen. Wenn sie diesen aber wegen sektiererischer Gründe die unter Brüdern übliche und geziemende Gemeinschaft verweigern, handeln sie doch, als seien sie keine Brüder.

[3] Anmerkung von WJO: Nämlich zwischen Brüdern, die „Brüder", und solchen, die keine sind.

und wir müssen die protestantischen Kirchen verlassen. Wenn wir es von der negativen Seite besehen, können wir die beiden im weiteren außer Betracht lassen. Aber auf der positiven Seite: Bist du Philadelphia? Oder noch immer Laodicäa? Es ist einfach, die römisch-katholische Kirche oder auch die protestantischen Kirchen zu verlassen – alles, was du mußt, ist einen Brief schreiben und durch die Vordertür hinauslaufen. Ob du dann aber schon Philadelphia bist oder nicht, das bleibt die Frage. Das hängt davon ab, ob du durch die Hintertür hinausgegangen bist.[1] Außerdem kann Philadelphia zurückfallen, zwar nicht nach Sardes, aber nach Laodicäa. Die Kritik, die der Herr an Laodicäa übt, ist viel eindringlicher als Seine Kritik an Sardes. Der Herr will uns hier lehren, Seinen Namen groß zu machen. Denn wo zwei oder drei in Seinem Namen versammelt sind, da ist der Herr in ihrer Mitte. Aber wir dürfen uns nicht selbst überheben. Wer jemals den Anspruch erhebt, Philadelphia zu sein, gehört nicht mehr zu Philadelphia.

Wenn du von heute auf morgen die Konfessionen verlassen und die Kirche Christi erkannt hast, kann nur noch das Wort Gottes der Maßstab sein. Denk dir irgendeinen Bruder, einen Wiedergeborenen; kannst du dann sagen, er sei kein Bruder?[2] Er ist ein Bruder, wenn er die Wahrheit klar erkennt; er ist aber auch ein Bruder, wenn er die Wahrheit nicht so klar sieht. Wenn er zu Hause bleibt, ist er ein Bruder und wenn er auf der Straße in die Gosse fällt,

1 Anmerkung von WJO: Watchman Nee meint sicher damit: Ob man in die Stellung von Laodicäa gefallen ist.

2 Anmerkung von WJO: Das heißt: Darf man darüber hinaus noch andere Bedingungen stellen, um mit ihm als Bruder Gemeinschaft haben zu können?

ist er immer noch mein Bruder. Es wäre der allerschlimmste Fehler, wenn ich es im Grunde genommen meinem Vater übelnehme, daß Er ihn erweckt hat. Das besondere Kennzeichen Philadelphias ist die Bruderliebe. Das ist die einzige Weise, wie du zu wandeln hast. Aber niemals darfst du eine Haltung annehmen wie diese: Ich liebe alle, die Klarheit (in bezug auf die Lehre) haben und lieb sind; aber solche, die nicht lieb sind, die liebe ich auch nicht. Es kommt nicht darauf an, ob jemand Klarheit hat oder nicht. Wir dürfen niemandem sagen: „Du lebst im Ungehorsam."[1] Denn was du in diesem Jahr siehst, ist etwas, was du im vorigen Jahr noch nicht gesehen hast. Vielleicht wird auch er im nächsten Jahr erkennen, was du in diesem Jahr verstanden hast. Beim Studium der Bibel wird der Herr auch ihm Licht geben. Gottes Herz ist über die Maßen weit und so weit muß auch unser Herz werden. Wir müssen uns üben, ein Herz zu bekommen, das groß genug ist, alle Kinder Gottes zu umfassen. Jedesmal, wenn du „wir" sagst und dabei nicht alle Kinder Gottes einschließt, bist du der schlimmste Sektierer; denn du stehst nicht in der Bruderliebe, sondern in der Selbstverherrlichung. Der Weg Philadelphias ist es, den wir gehen müssen. Die Schwierigkeit liegt aber darin, daß Philadelphia („Bruderliebe") alle Brüder umfaßt; einige sind einfach nicht in der Lage, so viele in ihre Bruderliebe einzuschließen. Laßt mich ein Beispiel nennen. Vor dem Krieg mit Japan kam ich nach Kunming. Dort war ein Bruder von der ...-Ge-

[1] Anmerkung von WJO: Nämlich wenn er die Dinge Gottes in dieser oder jener Sache anders sieht als wir. Für einen sektiererisch denkenden „Bruder" ist es leider häufig üblich, anders denkende Gläubige „ungehorsam" zu nennen, einfach aus dem Grunde, weil sie nicht der Überzeugung sind, sich den „Brüdern" anschließen zu müssen.

meinde, der mich um eine Unterredung bat. Er war ein sehr guter Bruder. Als er mich sah, sagte er: „Erinnerst du dich noch? In Shanghai habe ich dir eine Frage gestellt, die du mir immer noch nicht beantwortet hast: Wie können wir zusammenarbeiten?" Ich sagte: „Bruder, du hast die ...-Gemeinde, an der ich keinen Anteil habe." Er sagte: „Gut, aber das braucht dich nicht zu stören. Denn mir geht es darum, mit dir für den Herrn zu arbeiten." Ich antwortete: „Es gibt eine Kirche, zu der ich gehöre und Paulus gehört dazu und Petrus und auch Johannes, Martin Luther, John Wesley und Hudson Taylor. Du gehörst auch dazu. Meine Kirche ist so groß, daß jeder, der in Christus ist, ob groß, ob klein, dazu gehört." Ich ging noch weiter: „Bruder, der Unterschied zwischen uns beiden ist der, daß ich *eine* Gemeinde baue, während du zwei Gemeinden bauen willst. Meine Arbeit gilt allein der Kirche Christi, und nicht der ...-Gemeinde. Wenn du die Kirche Christi und nicht die ...-Gemeinde bauen willst, dann kann ich ganz gewiß mit dir zusammenarbeiten." Brüder und Schwestern, seht ihr den Unterschied? Die Liebe des Bruders war nicht groß genug. Er hatte nur die Kirche Christi innerhalb der ...-Gemeinde im Blick. Er baute zwei Gemeinden. Nachdem ich ihm das gesagt hatte, gab er zu, zum erstenmal begriffen zu haben, um was es hier ging. Er schüttelte mir die Hand und sagte, er hoffe, diese Frage sei für ihn nun geklärt.[1]

[1] Anmerkung von WJO: Watchman Nees Unterhaltung ist eine regelrechte (und zurecht bestehende) Anklage gegen Christen, die auf Missionsfeldern und anderswo Gemeinden gründen, ohne auf dort schon bestehende bibeltreue Gemeinden Rücksicht zu nehmen. Solche wollen auch Gläubige von dort zu sich herüberziehen und mit diesen Gemeinden erst dann zusammenarbeiten oder sie anerkennen, wenn sie vollständig in die *eigene* Glaubensgemeinschaft aufgegangen sind. Diese Haltung ist ganz und gar sektiererisch, auch wo sie in der „Brüderbewegung" vorkommt.

Bruderliebe bedeutet, daß wir alle Brüder lieben sollen. Das hat nichts damit zu tun, ob jemand diese oder jene Schwachheit hat. Ich denke, alle Kinder Gottes müssen durch Untertauchen getauft werden; aber ich kann nicht, wenn jemand das anders macht, sagen, er sei kein Bruder. Er ist wiedergeboren, wenn er im Wasser untergetaucht wurde und er ist es auch, wenn er nicht untergetaucht wurde. Es wäre der allerschlimmste Fehler, wenn ich es gewissermaßen meinem Vater übelnehme, daß Er ihn erweckt hat. (Der Herr vergebe mir, daß ich so rede.) Natürlich, wenn sich die Gelegenheit ergibt, mußt du mit ihm die Bibel lesen und ihm zeigen, daß der Kämmerer und Philippus in das Wasser hineingingen und daß der Herr Jesus aus dem Wasser herauskam. Biblisches Taufen ist das Untertauchen und wieder Heraufsteigen des ganzen Menschen, nicht nur das von ein paar Fingern. Aber wir können nicht sagen, er sei kein Bruder, weil er das noch nicht getan hat. Du bist ein Bruder aufgrund des neuen Lebens und nicht wegen der Taufe. Wenn wir auch das Taufen durch Untertauchen für richtig halten, so sind wir doch keine Baptisten. Die Basis unserer Gemeinschaft ist das Blut und das Leben des Heiligen Geistes, nicht der Erkenntnisbesitz, auch nicht von Bibelerkenntnis. Die ganz große Frage ist die, ob jemand Leben aus Gott hat oder nicht. Wenn einer wiedergeboren ist, ist er ein Bruder. Einander liebzuhaben heißt einfach, diese Stellung einzunehmen. Wenn wir andere Dinge mit hineinbringen und weitere Bedingungen stellen, sind wir eine Sekte. Nehmen wir zum Beispiel die Frage des Brotbrechens. Paul, ein jungbekehrter Gläubiger kommt irgendwo hin. Jemand hat ihn mitgebracht und er hat ein wirklich gutes Zeugnis. Sie wissen, er ist ein Bruder und kann darum das Brot brechen. Es besteht überhaupt keine Notwendigkeit, weitere Forderungen zu stellen. Glaubt er, daß die große Drangsal sieben Jahre dauert? Ist die Entrückung für alle oder nur für einen Teil? Wenn ihr die Menschen so aushorcht, macht ihr es völlig falsch. Wenn ich nur die Brüder liebe, die in allem so denken wie ich, bin ich ein Sektierer, und das widerspricht der Bruderliebe. Gott sei Dank, daß wir alle Brüder sind! Jeder, der durch das kostbare Blut erlöst ist, ist ein Bruder. Wenn noch etwas von unserem Ich dazukommt, muß es Hochmut sein. Einige sagen: „Nur wir haben die richtige Einsicht von den Dingen, ihr, Brüder, wißt alle nichts." Aber das Brot muß sowohl diejenigen, die Bescheid wissen, wie auch die anderen mit einschließen.

Wenn ihr danach verlangt, auf diese Weise dem Herrn zu folgen, wenn ihr danach verlangt, alle Brüder zu lieben, heißt das noch nicht, daß ihr von allen Brüdern geliebt werdet. Das müssen wir zur Kenntnis nehmen. Sardes ging aus Thyatira hervor. Obwohl Sardes dem Herrn gehorchte, war es unvermeidlich, daß sie von Rom gehaßt wurde. So ist es auch mit Philadelphia, das aus Sardes kam: Die protestantischen Kirchen werden gegen euch sein. Weil sie ihre Organisation aufrechthalten müssen, werden sie sagen, ihr liebtet eure Brüder nicht, wenn ihr da nicht mitmachen könnt. Von ihrem Standpunkt aus betrachtet, heißt „die Brüder lieben" soviel wie „Sardes lieben", so, als bestünde zwischen der Bruderliebe und der Liebe zu den Konfessionen kein Unterschied. Solche, denen es darum geht, ihre Konfession aufrecht erhalten zu wollen, werden euch vorwerfen, eure Liebe reiche nicht aus, weil ihr nicht am Ausbau ihrer Konfession mitwirkt.

Aber es muß euch deutlich sein, daß die Liebe zu den Brüdern und die Liebe zu den von diesen Brüdern hochgeschätzten Konfessionen zwei verschiedene Dinge sind. Außerdem muß uns klar sein, daß die Liebe zur ganzen Kirche ganz schlicht auf der Frage gegründet ist, ob jemand ein Bruder ist oder nicht. Wenn er ein Bruder ist, lieben wir ihn. Das ist Bruderliebe. Wenn wir unter allen Brüdern nur einige lieben, dann lieben wir nur die Brüder aus unseren eigenen Kreisen. Diese Art der Bruderliebe ist keine Liebe zu den Brüdern, sondern man liebt das Trennende. Wenn wir das Liebhaben einer Sekte nicht ablegen, können wir die Brüder nicht lieben. Sektiererische Liebe ist nicht nur nicht richtig, sie ist absolut falsch. Die Liebe zu einer Sekte ist die größte Behinderung, die Brüder zu lieben. Wenn aber jemand die Brüder liebt, weil er keine Sektenliebe hat, wird er von anderen der Lieblosigkeit bezichtigt. So ist es immer; wundert euch also nicht darüber.

Wir wollen jetzt einen anderen Punkt betrachten. „Überwinden" lesen wir in diesen Briefen siebenmal. Der Herr sagt zu Ephesus: „Bekehre dich!" Wie wird man ein Überwinder? Der Anfang ist die Entdeckung, die erste Liebe verlassen zu haben. Das Überwinden in Smyrna ist nichts anderes, als was der Herr ihr sagt: „Sei getreu bis zum Tode, und Ich werde dir die Krone des Lebens geben." In Pergamus wendet sich der Herr gegen die Lehre Bileams und gegen die Nikolaiten. Wer daher die Lehre Bileams und die Nikolaiten verwirft, ist ein Überwinder. In Thyatira sehen wir, daß es Gläubige gibt, die Isebel und ihren Lehren nicht folgen wollen. Der Herr sagt: „... was ihr habt, haltet fest." Der Herr verlangt nicht von ihnen, auf das Niveau eines Luther zu steigen. In Sardes gibt es noch einige, die Leben haben. Obwohl Sardes in sich selbst nichts Lebendiges hat, sagt der Herr doch: „Wer überwindet, wird mit weißen Kleidern überkleidet werden." Dann fällt es auf, daß der Herr trotz Seines Wissens um ihre Prüfungen und Entbehrungen zu Philadelphia sagt: „Halte fest, was du hast" – dann hast du schon überwunden. Für Laodicäa reicht es nicht aus, die objektive Seite zu besitzen, sie muß im subjektiven Sinn mit dem Herrn wandeln. All dies „Überwinden" nimmt Bezug auf die Unterschiede im Volke Gottes. Die Verheißungen für die Überwinder sind den Gemeinden gegeben; es gibt dort also jeweils zwei Arten von Menschen: die Überwinder und die Verlierer. Die Trennungslinie verläuft hier: Gott hat einen Plan, einen Maßstab. Wer diesem Maßstab entspricht, ist ein Überwinder, wer es nicht tut, ist es nicht. Ein Überwinder tut nur, was von ihm gefordert ist. Viele haben eine ganz falsche Vorstellung darüber. Sie denken, Überwinden sei etwas besonders Gutes. Bedenke statt dessen, daß Überwinden die Minimalforderung ist und nicht bedeutet, etwas Besonderes geleistet, sondern gerade das Ziel erreicht zu haben. Wenn du diesem Maßstab entsprichst, bist du ein Überwinder. Dir fehlt etwas, wenn du Gottes Plan nicht erreichst und unter diesem Niveau bleibst. Gerade jetzt macht mich ein Gedanke froh. Ich weiß nicht, ob ihr das nachvollziehen könnt. Gott hat mich nicht während der fast vierzehnhundert Jahre von Thyatira auf die Welt kommen lassen[1], auch in der Zeit von Sardes nicht. Wir wurden in dieser Zeit geboren, in der Zeit von Philadelphia, jenem Abschnitt der Geschichte, der nun seit etwas

[1] Anmerkung von WJO: Vorher schon sprach Watchman Nee von den „mehr als tausend Jahren" von Thyatira, was auch richtiger ist.

mehr als hundert Jahre besteht. Der Herr hat uns nach Philadelphia gesetzt, damit wir Philadelphia sein möchten. Es gibt heute auch in Laodicäa viele Überwinder; aber das sind nur die Überwinder in Laodicäa. In der ganzen Kirchengeschichte hat es keine bessere Zeit als die unsere gegeben. „Wer überwindet, den werde ich zu einer Säule machen in dem Tempel meines Gottes, und er wird nie mehr hinausgehen." Achtet auf die Wörtchen: nie mehr! „Nie mehr" bedeutet, daß man schon einmal hinausgegangen *ist*. Von den „Brüdern" sind acht von zehn schon einmal hinausgegangen.[1]

Die Verheißung des Herrn hier ist darum besonders herrlich. Wenn eine Säule aus dem Tempel Gottes fortgenommen wird, so stürzt der Tempel ein. Die folgenden drei Namen sind etwas Besonderes: „Der Name meines Gottes, und der Name der Stadt meines Gottes ... und mein neuer Name." Was bedeutet ein Name? Er bedeutet sehr viel. Der Name Gottes stellt uns die Herrlichkeit Gottes vor. Außer Philadelphia hat keine andere Gemeinde die Herrlichkeit Gottes empfangen. Der Name der Stadt Gottes lautet: das neue Jerusalem. Mit anderen Worten: Philadelphia bringt den Plan Gottes zur Vollendung.[2] Und „mein neuer Name". Ihr wißt, daß der Herr, als Er in den Himmel fuhr, einen neuen Namen empfing, einen Namen, der über alle Namen ist (Phil. 2,9-11). Hier zeigt uns der Herr, daß inmitten aller Gemeinden Seine Augen in besonderer

---

1 Anmerkung von WJO: Nämlich aus den verschiedenen Konfessionen, aus denen sie gekommen waren.

2 Anmerkung von WJO: Watchman Nee meint vielleicht: Das neue Jerusalem ist die ganze Kirche Gottes; Gottes Plan in bezug auf die ganze Kirche ist in Philadelphia am deutlichsten sichtbar geworden.

Weise auf Philadelphia ruhen.[1] Heute danken wir Gott, daß wir in einer Zeit geboren wurden, in der wir Philadelphia sein können. Wir danken Gott, daß wir in einer Zeit, in der der Zustand der Kirche überaus verwirrend ist, zu Philadelphia gehören dürfen. Vergeßt zum Schluß nicht, daß der Herr siebenmal dieselben Worte zu den Gemeinden spricht: „Wer ein Ohr hat, höre, was der Geist den Versammlungen sagt." Dies gilt es zu beachten. Die Augen des Herrn sind nicht nur auf diese sieben Gemeinden gerichtet, sondern auf alle Gemeinden auf der ganzen Welt, jetzt und in der Vergangenheit, im In- und Ausland. Was der Herr sagt, sagt Er allen Gemeinden. Der saumselige Zustand, den der Herr in Ephesus feststellte, kann ganz gewiß auch in Philadelphia auftreten. Wenn auch die Zeit von Smyrna vorüber ist, kann sich die Geschichte doch sehr wohl wiederholen. Es ist viele Male möglich, daß der Zustand jeder dieser sieben Gemeinden in irgendeiner Gemeinde auftaucht. So einfach ist die Sache mit der Kirche nicht. Diese besonderen Kennzeichen sind nur die, welche während eines bestimmten Zeitabschnitts am meisten ins Auge fallenden. Es ist möglich, daß sich alle Zustände gleichzeitig in allen sieben Gemeinden zeigen.

Der Herr sagt hier: „Wer ein Ohr hat, höre, was der Geist den Versammlungen sagt!" Zwei Leute gingen auf der Straße, und der eine sagte: „Warte eben, ich höre eine Grille!" Sein Freund antwortete ihm: „Du bist nicht klug! Der Verkehr macht solchen Krach, daß man kaum sein eigenes Wort versteht. Wie kannst du da Grillen hören?" Der andere aber lief zu einer Mauer, die dicht an der Straße

[1] Anmerkung von WJO: Weil Er nämlich Seinen neuen Namen mit ihr verbindet.

stand und bat seinen Freund, still zu stehen und zu lauschen. Tatsächlich, da saß eine Grille. Sein Freund fragte ihn, wie es möglich war, daß er die Grille hören konnte. Er antwortete: „Bankleute hören, wo das Geld klingelt, Musiker haben nur Ohren für die Musik, und ich bin ein Insektenforscher, ich höre jedes Insekt." Der Herr ermahnt alle, zuzuhören, die ein Ohr haben und Sein Wort vernehmen können. Es gibt viele, die keine Ohren haben und das Wort des Herrn nicht hören können. Aber wenn du ein Ohr hast, mußt du hören. Bitte, daß Gott uns schenken möge, auf dem rechten Weg zu wandeln. In jeder Lage, zu welcher Zeit auch immer, müssen wir den Weg Philadelphias wählen.

Hardcover

W.J. Ouweneel

Mit Sehnsucht habe ich mich gesehnt

192 Seiten, gebunden

DM 24,80
ISBN 3-89397-357-5

Ein Stück Brot, und jeder bricht ein Stückchen davon ab. Ein Becher Wein, und jeder trinkt daraus. Sehr simpel. Doch es ist der Herr Jesus Selbst, welcher der Gastherr ist. Alle, die durch Glauben zu Ihm gehören, rücken an Seinen Tisch heran, voll Bewunderung und Dankbarkeit zurückdenkend an Sein vollbrachtes Werk. Das ist das Abendmahl, das Mahl des Herrn.

Das Ziel dieses Buches ist es, das Wort Gottes selbst über die Bedeutung und die Praxis des Abendmahls zu Wort kommen zu lassen.

Der Autor läßt zuerst das Licht des Alten Testament über dieses Thema scheinen: Zwei Vorbilder – Passah und Friedensopfer – verdeutlichen den Charakter des Abendmahls. Danach wird die Aufmerksamkeit auf das konkrete Zeugnis des Neuen Testament gelenkt: die Evangelien und Paulus' erster Brief an die Korinther.

Zuletzt wird noch einmal bildlich der Bogen gespannt vom Alten bis ins Neue Testament, vom Feiern des Abendmahls „angesichts des Feindes" „bis ER kommt!"

Hardcover

A. Kinnear

Watchman Nee – Ein Leben gegen den Strom

240 Seiten, gebunden

DM 18,80
ISBN 3-89397-368-0

Seit in den fünfziger Jahren Watchman Nees Bücher und Tatsachen über seine Gefangenschaft überall in der Welt bekannt wurden, wurde er zu einem Beispiel christlicher Standfestigkeit im Glauben unter dem Druck eines totalitären Systems.

Wir verdanken dieses Buch Angus Kinnear, der zwei Monate mit W. Nee zusammen verbrachte, bevor er als junger Missionsarzt nach Indien ging.

In dieser Biographie stellt uns der Autor keinen fleckenlosen Heiligen vor; sondern einen Christen, der als junger Mensch seine ganze Existenz an Jesus Christus gebunden hat und an dem Gott zeigt, was Er aus einem Leben – trotz mancher Irrtümer und charakterlichen Schwächen – machen kann.

Kein chinesischer Christ hat durch sein stummes Leiden so aufhorchen lassen wie Watchman Nee, aber seine Freunde bitten, daß wir in ihm nur einen der vielen sehen, die ein gleiches Schicksal in gleicher Treue durchzustehen haben.